향가와
만엽집의
새로운
해석

향가와 만엽집의 새로운 해석

발행일	2022년 9월 16일		
지은이	은우천	엮은이	은창호
펴낸이	손형국		
펴낸곳	(주)북랩		
편집인	선일영	편집	정두철, 배진용, 김현아, 장하영, 류휘석
디자인	이현수, 김민하, 김영주, 안유경	제작	박기성, 황동현, 구성우, 권태련
마케팅	김회란, 박진관		

출판등록 2004. 12. 1(제2012-000051호)
주소 서울특별시 금천구 가산디지털 1로 168, 우림라이온스밸리 B동 B113~114호, C동 B101호
홈페이지 www.book.co.kr
전화번호 (02)2026-5777 팩스 (02)2026-5747

ISBN 979-11-6836-485-1 03810 (종이책) 979-11-6836-486-8 05810 (전자책)

(주)북랩 성공출판의 파트너

북랩 홈페이지와 패밀리 사이트에서 다양한 출판 솔루션을 만나 보세요!

홈페이지 book.co.kr • **블로그** blog.naver.com/essaybook • **출판문의** book@book.co.kr

작가 연락처 문의 ▶ ask.book.co.kr

작가 연락처는 개인정보이므로 북랩에서 알려드릴 수 없습니다.

반절음과 사투리 등 우리 옛말로 풀어보는

향가와 만엽집의 새로운 해석

은우천 지음 | 은창호 엮음

북랩

서문

필자는 의학을 전공했지만 吏讀文(이두문)에 관심을 가져 향가나 만엽집에 관한 서적은 대부분 구해 보았다. 그러나 국어학에 무지한 탓인지 설화 내용, 제목, 차용 한자 등을 거의 한 줄도 이해하지 못했다. 그래서 필자는 사투리와 漢韓辭典(한한사전)만으로 漢字(한자)의 音價(음가)를 현재 일부 컴퓨터용 프로그램에 사용하는 완성형 한글로 보고 단순하고 쉽게 접근해 보았더니 우리말의 흔적을 느낄 수 있었다. 우리 선조들은 단순한 우리말의 나열이 아닌 漢詩(한시)처럼 어떤 형식에 맞추려고 노력했던 것이다. 해석 과정에서 가장 중요하게 느낀 것은 뇌리에서 거의 사라져 버린 옛말(사투리)을 얼마나 기억해 내느냐가 문제였다. 필자는 아래의 6가지 조건에 충실하고자 노력했다.

    1) 우리말 음절에 맞춰 原文(원문)을 漢詩(한시) 형식으로 재구성

2) 原文(원문)은 철저하게 一字一音(1자1음)으로 音讀(음가)

3) 제목과 관련 설화를 현실적으로 해석(신화 배제)

4) 국어사전에 오르지 못한 옛말(사투리) 발굴

5) 차용 한자의 정밀 분석(訓借: 훈차)

6) 反切音(반절음)이 있는 漢韓辭典(音借: 음차)

反切音(반절음)이란 기원 전후에 만든 한자의 발음 기호다. 알고 있는 두 글자를 이용하여 새로운 한자를 발음하는 방식이다. 〔예, 學(학): 轄覺切=나누다 할(轄ㅎ)+깨달을 각(覺 악)〕이와 같이 반절음도 漢字(한자)의 원래 뜻에 가까운 한자를 차용하여 반절음에 사용했다.

한글이 창제되기 전 "ㅎ, ㅏ"에 대한 우리말 기호가 얼마나 간절했을까? 중국인들이 反切音(반절음)을 만들었지만 반절음대로 발음할 수 있는 민족은 우리뿐이다. 삼국시대 한자의 音價(음가)에 논란이 있기는 하나 서기 230년의 칠지도 명문, 서기 414년에 세운 광개토대왕 비문, 서기 523년 무령왕릉 지석에서 '百濟'의 音價(음가)는 반절음 '백제'로 음독해야 할 것이다. 따라서, 필자는 당시의 音價(음가)와 현재의 音價(음가)를 거의 같다고 보았다.

한편 중국인들은 반절음대로 발음이 어려워 1918.11.23 注音字母(주음자모)를 공포하고 수 차례 수정과 보충을 거쳐 1931년 새로운 발음기호 37자를 만들어 현재 사용해 오고 있다.

사기와 유사에서 두 해가 동시에 출현, 무지개가 해를 관통한다는 비과학적이고 비논리적인 기술은 직필로 기록할 수 없는 사건을 은유나 비유법을 이용하여 우회적으로 표현한 것으로 보아야 한다.

우리나라에서 원시림은 거의 찾아볼 수 없다. 오염되지 않고 자연 상태의 늪지도 몇 개 없다. 마찬가지로 언어 영역에서도 오염이 심한 서울말보다 산골 마을에서 순수한 우리의 옛말(古語)을 들을 수 있었다. 그러나 지금은 "사투리"라는 오명을 쓰고 우리말 사전에도 사라져 가고 있다.

소기 → 속이

얼등 → 얼른 → 얼런 → 빨리

동개다(쌓다) (개다)

고뿔 미다 → 먹이다. 미소 미라

애삐다 → 내삐다 → 버리다

서언

고대 이집트 상형문자 해독의 단서가 되었던 '로제타 스톤'은 현무암 표면에 그리스 문자, 고대 이집트 상형문자, 俗字(속자)의 3가지 書體(서체)로 글씨가 새겨져 있는 프톨레마이오스 5세(BC 196)의 송덕비로 1799년 나폴레옹의 이집트 원정 때 나일강 하구 '로제타'에서 한 병사에 의해 발견되었다. 이 '로제타 스톤의 신성문자'는 프랑스의 언어학자 '샹폴리옹'의 집념에 의해 해독돼 고대 이집트 상형문자의 비밀을 캐는 열쇠가 되었던 것이다.

우리의 선조는 옛날 우리글이 없었을 때 당시의 정치, 경제, 문화 등 사회상을 엿볼 수 있는 사건들을 한자를 차용하여 기록하였는데 그것이 신라 향가, 만엽집, 일본 서기의 시가이다. 한편, 광개토대왕 비문이나 칠지도 명문 등의 많은 자료도 남겼으나 오늘날까지 대부분 正解(정해)는 없고 주장만 있어 아직 명확

한 해석은 수수께끼로 남아 있다. 이는 당시의 시대적 배경의 복원 없이 단순히 문자만으로 해석한 당연한 결과이다.

그러나 우리는 鄕歌(향가)나 萬葉集(만엽집), 詩歌(시가) 등 4,600수가 넘는 방대한 자료가 있는데도 불구하고 오늘날까지 자타가 공감할 수 있는 해석은 단 한 수도 없으니 이래도 문화민족이라 할 수 있을까? 향가에 대한 연구가 본격화한 것은 수치스럽게도 1929년 일본인 小倉進平(오구라 신페이)의 〈鄕歌(향가) 및 吏讀(이두)의 硏究(연구)〉에서 자기 나름대로 우리 향가 25수를 해석하고부터이다. 왜 일본인이 우리 향가를 먼저 연구했을까? 거기에는 그만한 이유가 있다. 그들이 아무리 풀어도 풀리지 않는 시가나 만엽집 해석의 실마리를 향가에서 찾으려 했던 것이다. 현재까지 신라 향가에 대한 논문이 150여 편이나 되지만 각양각색인 것은 吏讀(이두)에 대한 확고한 개념이 정립되어 있지 않고 우리의 古語인 "방언=사투리=옛말"을 이해 못 했기 때문일 것이다.

향가나 《만엽집(萬葉集)》및 일본서기의 시가는 그 시대의 정치, 경제, 사회 전반에 있었던 잡다한 사건들을 漢詩(한시)의 형태와 漢字(한자)의 音(음)을 一字一音(1자1음)으로 차용하여 순수한 우리말을 漢字(한자)로 기록한 것이다. 따라서 향가가 지어진 배경을 충분히 이해해야 바른 해석에 접근할 수 있으며 마찬가지로 '廣開土大王 碑文(광개토대왕비문)'이나 일본 석산신궁에 있는 '七枝刀 名文(칠지도 명문)'도 당시의 역사적인 배경을 복원해 보지 않고 문자만으로는 바른 해석에 접근할 수 없다.

　그런데 지금까지 많은 학자들은 원문 띄어쓰기에 너무 충실하다 보니 일정한 원칙도 없이 해석하여, 당시의 백성들은 쉽게 이해할 수 있었던 것을 현대인은 이해할 수 없는 글로 만들고 말았던 것이다. 이것은 일본인 小倉進平(오구라 신페이)의 덫에 걸려 68년 동안 제자리에서 맴돌았기 때문이다. 우리말만 있고 우리 글이 없었던 시대에 한자를 빌려 그렇게 어렵게 썼을까?

　反切音(반절음)이란 漢字(한자)의 發音記號(발음기호)다. 알고 있는 二字(두글자)를 이용하여 새로운 一字(한글자)를 발음한다. 모든 漢字(한자)에는 예외 없이 反切音(반절음)이 있으며 構造的(구조적)으로 中國語(중국어)보다 우리말에 더 적합하다. 그래서 그들은 1918. 11. 23 注音字母(주음자모)를 만들어 수 차례 수정과 보충을 거쳐 1931년 현재 사용하는 발음기호 37자를 결정하였다. 국어학에 무지한 필자는 우연히 反切音(반절음)을 접하고 고대인은 漢字(한자)를 反切音(반절음)으로 발음했으리라 믿고, 吏讀文(이두문) 해석 때 漢字(한자)의 音(음)을 반절음으로 적용시켜 보니 뇌리에서 사라져 가던 "옛말"들이 어렴풋이 되살아났다. 가장 오래된 '서동요'를 보더라도 1,500년이 흘렀어도 언어의 기본 틀에는 큰 변화가 없음을 알 수 있었다. '한복이 양복'에, '시루떡이 피자'에, '수정과가 콜라'에 밀렸듯이, 순수한 우리 "옛말"이 한문 투의 유식한(?) 말에 밀려 "사투리"라는 오명을 쓰고 우리말 사전과 뇌리에서 점점 사라져 가는 현실이 안타깝게 생각되었다.

예를 들면, 향가에서 찾은 '동개다(포개다), 개리다(갎다), 애삐다(버리다)' 등은 현재 우리말 사전에 없다. 그러나 연세 많은 분들의 뇌리에 잠재해 있는 단어들이다. 그래서 필자는 이런 것들은 '사투리'가 아니고 우리의 '옛말'로 보고 싶다.

다음은 향가나 《만엽집》에서 현재음과 차이 나는 漢字(한자)를 모아 보았다.

賜(사): 斯義切(시)　　　米(미): 母禮切(메 → 며 → 미)

此(차): 淺氏切(지)　　　丁(정): 當經切(뎡 → 정)

叱(질): 尺栗切(줄)　　　治(치): 盈之切(이), 直利切(지)

生(생): 所景切(셩)　　　母(모): 莫後切(무), 蒙脯切(모)

四(사): 息利切(시)　　　父(부): 奉甫切(보)

窟(굴): 苦骨切(골)　　　夜(야): 夷益切(익), 寅謝切(아)

岐(기): 章移切(지)　　　肹(힐): 兵媚切(비), 黑乙切(흘)

天(천): 他年切(턴 → 천 → 천)

   신라인은 향가를 숭상했고, 대개 시송류이다(羅人尙鄕歌 盖詩頌之類). 일연 선사는 향가를 '詩頌之類(시송지류)'라 했다. (頌(송)은 歌誦(가송)) 즉, '詩誦(시송)이나 歌誦(가송)의 종류다.'라고 했다. 우리말의 특성 때문에 鄕歌(향가)는 正格 漢詩(정격한시)에 따를 수 없지만 그래도 漢詩(한시)처럼 사언체, 오언체, 육언체, 칠언체 등의 형식에 맞추려고 노력했음을 알 수 있다. 따라서 콜럼버스의 계란처럼 향가 원문도 詩誦(시송)에 맞추어 과감히 파괴하여 재구성해야 한다.

   필자는 우리 鄕歌(향가)를 ① 一字一音(1자1음)으로 音讀(음독) ② 借用漢字(차용한자)의 訓(훈) ③ 설화 내용을 적극 활용하여 저 나름대로는 어느 정도 題目(제목)에 부합하는 풀이를 했다고 생각한다. 千年(천년)이 넘는 古語(고어)라서 대부분 우리말 큰 사전에서 찾을 수 없는 어휘들이지만 시골에서 면면이 이어져 왔던 옛말들은 아직도 오육십 대(1990년대 중반 기준)의 뇌리에는 그 흔적이 남아 있다고 보기 때문이다.

   다음의 몇 가지를 참작하면 누구나 해석할 수 있다.
   1) 남부 지방 방언(옛말)을 이해할 수 있어야 한다.

2) 原文(원문)을 파괴하여 우리말 음절에 맞추어 재구성해야 한다.

3) 倒置法(도치법)을 많이 사용하여 언어의 비약이 심하다.

4) 생활 주변에서 일어난 잡다한 사건들을 詩(시)의 형태로 기록한 것이다.

5) 音讀(음독)은 漢文(한문)에 오염되지 않은 순수한 우리말이다.

6) 訓讀(훈독)은 音讀(음독)의 내용을 알 수 있는 또 다른 절묘한 뜻이 포함되어 있다.

7) 漢字(한자)는 당시의 발음기호인 反切音(발절음)으로 발음했다.

8) 같은 音의 많은 漢字(한자) 중에서 "왜 이 漢字(한자)를 차용했을까?"라고 의문을 가져 보면 완벽하고 절묘한 차용 漢字(한자)에 탄복할 것이다.

9) 현재의 우리글은 11,172자를 표현할 수 있으나 漢字(한자)로는 532字(자)뿐이다. 그래서 때로는 音(음)은 약간 달라도 신라어 내용과 문장구성에 적합한 한자를 사용하고 있다.

(예: 音物生 → 엄므새 → 어므새 → 어느새, 今日 → 그밀 → 그닐 → 그늘)

10) 《三國史記(삼국사기)》에서 당시의 시대적 배경이나 《三國遺事(삼국유사)》에 있는 관련 說話(설화)의 면밀한 검토가 절대적으로 필요하다.

11) 일연 선사가 많은 鄕歌(향가) 중에서 15수를 엄선하여 《三國遺事(삼국유사)》에 기록한 것은 鄕歌(향가) 내용과 차용 漢字(한자)가 너무나 절묘했기 때문일 것이다. 지금까지 14수로 알고 있었으나 필자는 〈海歌(해가)〉도 鄕歌(향가)로 보고 있다.

12) 우리말만 있고 우리글이 없었던 시대에 우리말을 기록으로 남기려고 한자를 차용하여 鄕歌(향가)를 만들었으며 이러한 노력이 한글 창제로 이어진 것이다.

13) '동개다(포개다)', '애삐다(버리다)', '암어가(가져가)' 등은 현대 표준어에서 사라진 단어들이지만 60세 전후(1990년대 중반 기준) 세대들의 뇌리에는 그 흔적이 남아 있을 것이다.

鄕歌(향가)나 《萬葉集(만엽집)》 및 《日本書紀(일본서기)》의 詩歌(시가)는 한자의 音(음)을 借用(차용)하여 그 시대의 정치, 경제, 사회 전반에 있었던 잡다한 일들을 詩(시)의 형태를 빌려 순수한 우리말로 기록한 것이다. 따라서, 鄕歌(향가)나 萬葉集(만엽집등 기존의 해석과는 다르게 反切音(반절음), 우리 옛말(사투리), 한자의 音

讀(음독)과 訓讀(훈독) 및 설화 내용을 종합하여 새로운 해석으로
정리해 보았다. 다음은 필자가 해석한 것 중에서 내용을 요약한
것이다.

1) 處容歌(처용가): 간통(신라 말기의 문란한 性(성))

2) 薯童謠(서동요): 선화공주는 자위행위를 했다는 유언비어
때문에 귀양간다.

3) 獻花歌(헌화가): 꽃을 꺾으면 빨리 시드는 것으로 미인박명
(자살)을 암시한다.

4) 海歌(해가): 성폭행 → 우울증 → 투신 자살 → 거북이 傍生
(방생)으로 이어진다.

5) 安民歌(안민가): 귀한 世子(세자)를 얻었으나 여자 같은 행동
으로 백성들이 걱정한다.

6) 慕竹旨郎歌(모죽지랑가): 고리대금과 장리 쌀, 부역과 시위

7) 風謠(풍요): 협동 정신과 신바람

8) 怨歌(원가): 왕이 되면 '외척의 세도정치를 개혁하겠다.' 하
더니.

9) 兜率歌(도솔가): 지나친 개혁이 주는 교훈(빈대 잡으려다 초가
삼간 태운다.)

10) 夜久毛多都(야구무다면): 풍수지리와 텔레파시

11)《日本書紀(일본서기)》神代下(신대하) 제9단 天孫降臨(천손

강림): 상가집 정황(현재 우리와 너무나 비슷하다)

12) 七夕歌(칠석가)

13) 慕囂圓隣之(모효원인지): 목욕과 때

14) 垂乳根之母(수유근지모)

15) 足日木乃: 발(足)과 관계 있는 햇빛(日)이 비치고 나무(木)
가 없는(乃) 곳, 길

16) 광개토대왕 비문의 새로운 해석

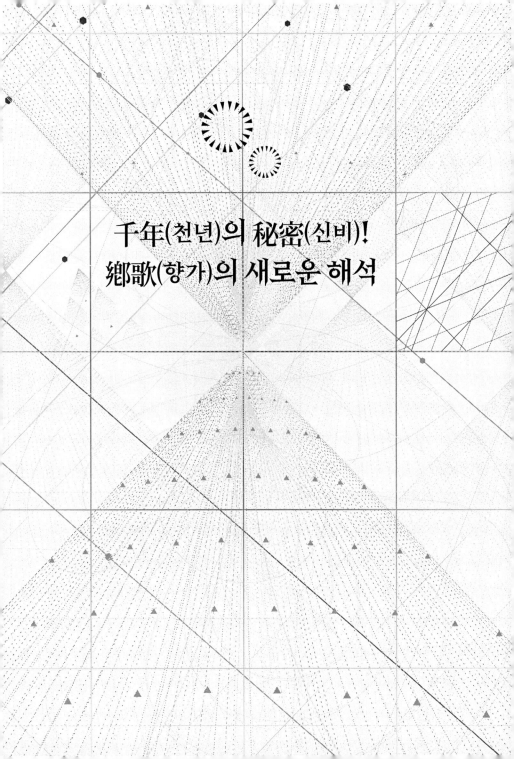

千年(천년)의 秘密(신비)!
鄕歌(향가)의 새로운 해석

吏頭(이두)란 漢字(한자)의 音(음)으로 우리말을 적은 것이다. 즉, 一字一音(1자1음)으로 구성되어 있으므로 순서대로 읽으면 우리 고대어가 된다. 또한 비슷한 音(음)이라면 訓(훈)이 문장 內容(내용)에 적합한 漢字(한자)를 借用(차용)하고 있다. 지금까지 많은 학자들은 漢字(한자)의 音(음)으로 읽지 않고 적당히 音(음)과 訓(훈)을 섞어 읽어 앞에 적은 日本人 오구라 신페이의 해석을 오늘날까지 답습하고 있다.

한편, 같은 吏頭文(이두문)인 《日本書紀(일본서기)》의 詩歌(시가) 190여 수와 만엽집 4,516수를 누구나 인정할 수 있는 解讀(해독)이 현재까지도 저의 좁은 식견으로 볼 때 한 首(수)도 없는 것 같다. 지금은 '사투리'라는 汚名(오명)으로 점점 사라져가는 남부지방 方言(방언)으로 쓰였기 때문이다.

국문학에 無知(무지)한 필자는 音韻變遷(음운변천) 과정은 잘 모르지만 吏頭文(이두문) 해석의 개괄적인 기본 구도에 어느 정도 접근할 수 있었던 것은 사투리를 아는 필자가 우연히 反切音(반절음)을 알고부터 古代人(고대인)도 反切音(반절음)으로 漢字(한자)를 발음했으리라 믿고부터이다.

지금까지 많은 학자들은 자기의 해석을 합리화하기 위해 고난도의 언어학적 풀이를 적용하였기에 일반인이 이해할 수 없는 글이 되고 말았던 것이다. 교단의 학자들은 일본인 小倉進平(오구라 신페이)의 덫에 걸려 66년 동안 제자리에서 맴돌고 있다. 우리 말만 있고 우리글이 없었던 시기에 漢字(한자)를 빌려 그렇게 어렵게 썼을까?

이것은 세월이 흐르면서 많은 교정을 보았음을 차용 한자의 시대적, 질적 수준이 낮은 만엽집과 비교함으로써 알 수 있다.

1.

處容歌
처용가

東京明期月良　夜入伊遊行如可　入良沙寢矣見昆

脚烏伊四是良羅　二肹隱吾下於叱古　二肹隱誰支下焉古

本矣吾下是如馬於隱　奪叱良乙何如爲理古 (원문)

다음은 양주동 박사의 해석이다. (日人 小倉進平과 大同小異)

東 京 明 期 月 良　　　夜 入 伊 遊 行 如 可

서 울 밝 기 달 에　　　밤 드 리 노 나 다 가

東 京 明 期 月 良	夜 入 伊 遊 行 如	可 入 良 沙 寢 矣
동 개 면 기 울 어	이 기 비 유 하 여	가 일 라 사 치 미

入 良 沙 寢 矣 見 昆　　　脚 烏 伊 四 是 良 羅

들 어 와 자 리 보 곤　　　가 랄 이 네 히 어 라

見 昆 脚 烏 伊　四 是 良 羅
꾀 어 각 오 고　시 실 라 나

二 肹 隱 吾 下 於 叱 古　　二 肹 隱 誰 攴 下 焉 古
둘　은 내 해 엇　고　　둘　은 뉘　해 언 고
二 肹 隱 吾 下 於 叱 古　二 肹 隱 誰 攴 下 焉 古
이 불 은 어 하 여 절 고　이 불 은 수 복 하 얼 꼬

本 矣 吾 下 是 如 馬 於 隱　奪 叱 良 乙 何 如 爲 理 古
본 디 내 해 다　마　는　앗 아　날 어 찌 하 리 고
本 矣 吾 下 是 如　馬 於 隱 奪 叱 良　乙 何 如 爲 理 古
보 이 려 하 시 여　마 음 은 터 질 라　어 하 여 이 릭 꼬

《삼국유사》에는 鄕歌(향가)만 띄어쓰기가 되어 있는데 이는
後代(후대) 필사 과정에서 필사자가 자기 나름대로 해석에 도움
을 주려고 한 것 같으나 오히려 위와 같이 借用漢字(차용한자)의
의미를 적절히 활용하지 못하고 있다. 지금은 파괴의 시대다.
향가도 원문의 파괴가 요구되는 것은 향가도 漢詩(한시)처럼 가
능한 한 사언체, 오언체, 육언체, 칠언체 등의 형식에 맞추려고
노력한 것이라는 것을 해석 과정에서 알 수 있었다.

처용가는 기본적으로 六言體(6언체)이다.

《吏頭式(이두식)의 一字一音(1자1음)으로 音讀(음독)해 보면》

東京明期月良　夜入伊遊行如　可入良沙寢矣

동경명기월량　야입이유행여　가입량사침의 (현재음)

동경명기월랑　익입이유행여　가입랑사침이 (반절음)

동겐면기올라　이깁이유하여　가일라사치미 (옛말?)

동개면기울러　이기비유하며　가일라싸치미 (옛말?)

동개려면기울어 이이비유하며 골라싸터니　(옛말?)

見昆脚烏伊　四是良羅

견곤각오이　사시량라 (현재음)

견곤각오이　시시랑라 (반절음)

껴곤각오이　시실라나 (옛말?)

꾀어각오이　시실라나 (옛말?)

二肹隱　吾下於叱古　二肹隱　誰支下焉古

이힐은 오하어질고 이힐은 수복하언고　(현재음)

이비은 오하어줄고 이비은 수복하언고　(반절음)

이빌은 어하여절꼬 이빌은 수북하언고   (옛말?)

이불은 어찌하여 저럴꼬 이불은 수복하얼꼬 (옛말?)

本矣吾下是如 馬於隱奪叱良 乙何如爲理古

본의오하시여 마어은탈질량 을하여위리고   (현대음)

본이오하시여 마어은탈줄랑 을하여이리고   (반절음)

보이려하시여 마어은타질라 얼하여이럭고   (옛말?)

보이려하시여 마음은 터질라 어찌하여 이럴꼬 (옛말?)

　鄕歌(향가)나《萬葉集(만엽집)》을 해석해 보면 한문에 오염되지 않은 순수한 우리말로 구성되어 있음을 알 수 있고, 현재의 시각으로 본다면 수준이 낮은 말이 되지만 당시에는 일상 생활 언어가 아니었을까 한다. 내용을 하나하나 분석해 보면 다음과 같다.

동개려면 기울어: 남편이 요구하자 夫人(부인)이 거절하며 돌
　　　　　　　 아 눕는 상태

이기비유하며: '이기비', '이비야' 하며 남편의 접근을 막음.

가일라 싸치미: 동침의 선택권은 부인이 가지고 있는 듯

(골라 싸치미): (싸치미 → 싸터니. 방언으로 '자주 그렇게 한다'는 뜻)

꾀어 가지고 시시려나: 다른 남자를 꾀어 가지고 잘려나

이불은 어찌하여 저릴꼬: 이불 속에서 이상한 소리가 들리니

이불은 어찌하여 수복할꼬: 남녀가 이불 속에서 동개(포개) 있
으니

보이려 하시여: 보란 듯이 사내를 집에까지 불러들여서

마음은 터질라: 질투심이 생겨 가슴이 터질 듯

어찌하여 이럴고: 아내의 간통 현장을 목격한 처용의 마음

〈訓讀(훈독)은 音讀(음독)의 내용을 알 수 있는 또 다른 絶妙(절
묘)한 뜻이 있다.〉

1) 東京明期月良(동개려면 기울어 → 포개려면 기울어)

音讀(음독)

東京: 동경 → 동견 → 동갠(동갠다 → '포갠다'의 옛말), (동개댜
→ '포개다'의 옛말)

東京明: 동경명 → 동견면 → 동겐면 → 동개려면(진행형)

期月良: 기월랑 → 기월라 → 기울어(돌아 누워)

良: 가걸랑, 보걸랑, 하걸랑 등 어미로 사용한 듯.

지금도 충청도 지방에는 어미로 쓰고 있다.

訓讀(훈독)

東京明: '주인(東)이 언덕(京)에 오르려고 알려주다(明)'를 표
　　　　현하고 있다. (즉 동개려고 건드리면)

東: 주인, 봄, 동녘.

京 = 丘也(언덕), 서울.

明: 著也(알려주다, 나타나다, 밝음), (동개려고)알려주면

期月: 달도 차면 '기울다'의 內容(내용)을 暗示(암시)하고 있다.

2) 夜入伊遊行如 (이기비유하여, 이이비유하여)

지금도 어린이에게 '이비야', '이기비' 하며 위험한 곳에 接近
(접근)을 못하게 한다.

(징그럽다며 접근을 못하게 하는 마누라)

야이비유하여: "야위다"의 뜻으로도 해석이 될 듯하나 선택
　　　　　　　된 한자에 '야위다'를 나타내는 한자는 없다.

訓讀(훈독)

夜入伊遊行: 그 사람(伊)은 밤(夜)에 들어(入)와 놀고(遊) 간다

(行) (자기에게는 "이비야" 하며 거절하더니)

夜의 반절음: 夷益切(익), 寅謝切(야).

　　처용가의 '夜', 서동요의 '夜', 모죽지랑가의 '夜'에서도 모

두 '익'으로 음독해야 해석이 된다.

伊: 彼也(그 사람이)

3) 可入良沙寢矣 (가일라 사침이)

音讀(음독)

　가입랑사침이 → 가일라 사침이(가려서 잠자더니)

　가일라: 갈리다, 고르다('선택하다'의 뜻)

訓讀(훈독)

　可入: '잠자리에 들어오라'는 허락

　沙寢: 同寢(동침)의 횟수가 적음을 암시

　寢矣: 可入(가입)하고 인정해야 同寢(동침)할 수 있음을 암시

　沙: 小數(소수), 모래

　矣: 인정, 확인. 반절음: 羽已切(이)

　可入(허락을 받고)하고 '동침(同寢)'에 응해주던 것도 小數

　(沙)임을 암시하고 있다.

대의: 동개려면 돌아누워 이비야하며 골라서 하더니

　　　(피곤하다며 돌아눕는 마누라: 현재도 많이 당하지 않을까?)

4) 見昆脚烏伊 四是良羅 (꾀어 가지고 시시라나)

音讀(음독)

　　견곤각오이 시시랑라 → 꾀어 가지고 시시라나(休息)

　　見昆: 견곤 → 껴곤 → 꾀고 → 꾀오 → 꾀어

　　脚烏: 각오 → 각고 → 갖고 → 가지고 (예: 갖고 가라)

　　昆, 公, 空: 앞 동사와 뒷 동사를 연결하는 '고' 〈서동요〉의
　　　　　　善化公과 《만엽집》 〈칠석가〉의 立思空도 같은
　　　　　　뜻이다.

訓讀(훈독)

　　見昆脚: '본(見) 뒤(昆)에 다리(脚)를 잡고 늘어지다'를 암시

　　脚烏: '까마귀 발톱으로 낚아 채다'를 암시

　　烏伊: 흑심을 가진 그 사람을 암시(제비족, 당시엔 까마귀족?)

　　四是다: 시시다. '쉬시다'의 방언(쉬다 가세요?!)

　　脚四: 남녀의 다리 수를 암시

　　見: 會也(만나볼 견) (남자를 謬惑(유혹)하는 눈길)

　　昆: 後也(뒤 곤), 同也(같을 곤)

　　脚: 발을 잡다. 다리를 잡다.

　　烏: 검다. 어찌. 어디. 까마귀

　　四: 息利切(시), 넷, 반절음에 휴식(息) 字도 있다.

是: 다스리다. 옳다. 바르다.

羅: 列也(벌릴 라) 脚四이 '벌리다'를 암시.

대의: 그 남자를(伊)를 꾀어 가지고 시시려나

　　　(자기에게는 이기비유하며 돌아 눕더니)

5) 二肹隱吾下於叱古 (이불은 어찌하여 저럴꼬)

　音讀(음독)

　　肹 = 月(살육변)八(밑에)十(열십): 妙(묘)한 글자다.

　　　　반절음은 '비'(兵媚切)와 '흘'(黑乙切)

　　二肹: 이비 → 이빌 → 이불

　　叱: 자전에는 '질'이나 반절음 '쥴'(尺栗切)

　訓讀(훈독)

　　二: 男女(남녀) 두 사람

　　肹: 소리 울릴 (흘) (비) (힐)

　　隱: 은밀한 장소(이불 속을 암시)

　　於.... 笑也(히히덕 거림: 이불 속) 탄식할 오!, 감탄하는 소리

　　아!, 어!

　　叱: 소리 지르다. 꾸짖다.

胗...於叱...: 이불 속에서 極致(극치)에 도달했을 때의 怪
聲(괴성)을 나타내기 위한 絶妙(절묘)한 借用
字(차용자)다.

喦下於叱古: 전(古)에 내 밑(喦下)에서 지른 괴성을 암시

6) 二胗隱誰攴下焉古 (이불은 수복하얼꼬)

訓讀(훈독)

誰下: 누구(誰) 밑(下)에 있길래 이불이 수복할꼬

誰攴: 누가(誰) (떡을) 치길래 이불이 수복할꼬

攴: 칠(복) (예: 떡을 치다), 톡톡 두드릴(복)

焉: 어찌(언) '어째서 수복할까'를 암시한 듯.

대의: 이불속은 어찌하여 저럴꼬 (訓讀(훈독)으로는 怪聲(괴성)을
암시), 이불속은 어찌하여 수복할꼬 (訓讀(훈독)으로는 妙
(묘)한 운동을 암시)

7) 本矣喦下是如 (보이려 하시여)

訓讀(훈독)

본성(本)을 확인(矣) 시키려고. . .

本: 본성(남자 관계를 의심하고 있었는데), 근본

향가와 만엽집의 새로운 해석

矣: 반절음으로 羽己切(이). 확인, 단정의 뜻.

대의: 의심하여 오던 차 사내를 집에까지 불러들여 현장을 확
   인시키려는 것으로 생각한 듯.

8) 馬於隱奪叱良 (마음은 터질라)
   訓讀(훈독)

      馬於: 말의 신음 소리(분을 참는 소리)
      奪: '(아내를) 빼앗기다'를 암시하고 있다.
         그래서 "마음이 타다"를 암시하고 있다.

9) 乙何如爲理古 (어찌하여 이럴꼬)
   訓讀(훈독)

      何: 어찌(하)
      爲: 治也(다스리다), 되다.
      理: 處置也, 正也(처치할까? 바루어 살까?)
      古: 前(전)처럼 바루어 살까? 前(전)처럼 모른 척 넘어 갈까?

대의: 보라고 하시어 가슴은 터질 듯하니 어찌된 일일꼬
      (아내의 불륜 현장을 목격한 處容(처용)의 심정을 표현하고 있다.)

다른 향가도 이렇게 풀어보니 說話(설화)와 거의 일치하며 漢字(한자)도 적절하게 차용되었음을 알 수 있었고, 내용에 있어서도 수준 높은 문학 작품이라기보다 일상생활 주변에서 일어난 잡다한 이야기의 기록이기 때문에 당시의 생활 습관, 풍습 등을 짐작할 수 있었다. 그러나 이것은 어디까지나 저 혼자만의 해석이고 앞으로 더 많은 연구가 필요할 것으로 생각된다.

한편, 일본의 詩歌(시가)나 《萬葉集(만엽집)》이 鄕歌(향가)와 거의 같은 시대의 작품이나 차용한자 선택이 향가에 미치지 못하여 해석에 다소 어려움이 있었다. 그렇지만 《萬葉集(만엽집)》도 남부지방 방언으로 쓰였음을 알 수 있었다.

그러나 젊은 세대들은 이해하기가 어려울 것이다. 이러하니 앞으로 20~30년 후에 지금 '사투리'를 아는 세대들이 사라지면 鄕歌(향가)나 《萬葉集(만엽집)》 해석은 안타깝게도 영원히 미궁으로 빠질 것으로 생각된다.

2.
薯童謠
서동요

천년의 비밀! 서동요의 전혀 다른 해석.

　관련 설화는 다음과 같다. 백제 제30대 武王(무왕)의 이름은 璋(장)이고 어릴 때 이름은 薯(서)를 캐어 팔아 생활했기 때문에 薯童(서동)이라 지었다. 신라 진평왕의 셋째 공주인 善花(선화)가 아름답다는 말을 듣고 머리를 깎고 경주로 가서 여러 마을 어린 이들에게 다음 〈薯童謠(서동요)〉를 부르게 하여 소문을 내니 백관들은 왕에게 고하여 善花公主(선화공주)를 귀양 보내게 하였다. 귀양지에서 우연인 척 만나 사귀다 정을 통하였다. 그 후 선화공주는 그 사람이 薯童(서동)임을 알았고 동요의 참뜻을 믿었다. 자기 몸에 薯(마: 남성 심볼)가 遺去(유거)함을 證驗(증험)했다.

　〈薯童謠(서동요)〉 설화에서 善花公主(선화공주)를 귀양 보낸 이유는 원문에서 알 수 있다. 薯童(서동)과 정을 통하고 나서 동요의 참뜻을 證驗(증험: 증거가 될 만한 경험)했다고 했다. 자기가 직접 性的(성적)으로 경험한 상대는 薯童(서동)이었고 자기가 手淫(수음)했다고 소문난 기구도 薯(마)였다.

〈薯童謠(서동요)〉는 기본적으로 칠언체이다.

기존의 해석은 다음과 같다.
善化公主主隱 他密只嫁良置古 薯童房乙 夜矣卯)乙 抱遣去如
(원문)

지금까지의 해석은 아래와 같다.

善化公主主隱	선화공주 님은
他密只嫁良置古	남 그으기 얼어두고
薯童房乙	맛둥방을
夜矣苑(卵)乙抱遣去如	밤에 몰래 안고가다

필자는 원문을 파괴하여 鄕歌(향가)도 漢詩(한시)처럼 文言(문언)이 있다는 가정 아래 순수한 우리말 音節(음절)에 맞추어 다음과 같이 七言體(7언체)로 재구성해 보았다.
善化公主主隱他 密只嫁良置古薯 童房乙夜矣苑乙 抱遣去如

선화공주주은타 밀지가랑치고서 동방을야의원을 포견거여

(현재음)

선화공주주은다 밀지가랑치고서 동방을익이원을 포견거여

(반절음)

선하고주주은다 밑지가랑치고서 동방얼익이원을 포게거여

(옛말)

시하고주저앉아 밑지가랭벌리고 토막어리기언을 포겠거여

(옛말)

시하는척주저앉아 밑가랭이벌리고 토막어리기언을 포겠거여

(옛말)

〈訓讀(훈독)은 音讀(음독)의 내용을 알 수 있는 또 다른 絶妙(절
묘)한 뜻이 있다.〉

1) 善化公主主隱他 (시하는 척 주저 앉아)

　音讀(음독)

　　善化公: 선화공 → 선하고 → 시하고

　　主主隱他: 주주은타 → 주주안타 → 주주앉다 → 주저앉자

　訓讀(훈독)

善花公主 → 善化公主

〈薯童謠(서동요)〉의 주인공 '善花公主(선화공주)'이름을 絶
妙(절묘)하게 이용.

善: 선하다 (용변 후 시원하다) → 시하다

(선하다: '시원하다'의 옛말) 옛 노인들은 용변 후에도 '선하다'
고도 했다.

化: 사람의 눈을 속이다 (하는 척) 花 대신 化를 차용한 것
　　은 '선하려고' 즉, '시하는 척'을 암시한다.

公: 처용가의 '昆(곤)', 만엽집 칠석가의 '쏟'은 뒷 동사를 연
　　결하는 '고'와 같은 뜻이다.

主: 개인, 주인, 주체(主자도 앉은 형태, 용변은 항상 혼자)

隱他: 타인(他)에 대해서 은밀히(隱) (용변 볼 때)

2) 密只嫁良置古薯 (밑 가랭이 벌리고)

音讀(음독)

　密只嫁良: 밀지가랑 → 밑지가랑 → 밑 가랭이

　置古薯: 치고서 → 치우고 → 벌리고('치리'는 '치워라'의 방언)

訓讀(훈독)

　密只嫁良: 처녀(嫁)의 은밀한 곳(密只) (무릎과 무릎 사이)

置古薯: 굵은(古) 마(薯)를 설치하다(무릎과 무릎 사이)

嫁良: 가랑 → 가랑이 → 가래이(處女의 다리와 다리 사이)

　　　50년대 시골 여자들의 속바지는 뒤가 터져서 용변
　　　볼 때 편리했다. 옛말로 '꼬장주'

密只: 처녀의 '은밀한 곳'

嫁: 婚期(혼기)가 된 처녀

置: 설치하다. 장치하다. 두다.

古薯: 오래된, 굵은 '마(薯)'가 좋겠지만 실제로는 童房(토
　　　막)과 乙夜矣(어린마: 幼薯)를 사용.

3) 童房乙夜矣苑乙 (토막 어리기언을)

音讀(음독)

　　童房: 동방 → 토막(예: 동방동방 끊어라: 방언)

　　　　'동가리' 내라('토막' 내라의 방언)

　　　　나무 '동가리'(나무 '토막'의 방언)

　　夜에는 두 가지 反切音(익, 야)이 있어 둘 다 뜻이 통한다.

　　乙夜: 을야 → 을라 → 얼라 → 알라

　　　　('애기'의 옛말: 童과 苑이 암시)

　　乙夜矣: 을익의 → 얼익이 → 얼이기 → 어리기(幼)

訓讀(훈독)

　童房: 어린이 방, 작은 방, 토막을 암시

　乙夜矣苑乙: 알라이언을, 어리기언을

　　　　('薯가 아직 가늘다'를 암시)

　夜: 反切音으로 夷益切(익)　寅謝切(야)

　苑: 누워 뒹굴(원) (누워 있는 신생아), 절묘한 차용자들이다.

4) 抱遣去如 (포겠거여)

　音讀(음독)

　포건거여 → 포겨거여 → 포격거여 → 포겠꺼여

　　(즉 가는 薯(서)로 手淫(수음))

　訓讀(훈독)

　抱遣去: 손으로 잡아서(抱) '보냈다(遣) 뺏다(去)'를 암시,

　抱: 손으로 잡다.

　遣: 보내다.

　去: 가다. 빼다.

현대어 풀이: '시' 하는 척 주저 앉아 밑지 가랭이 벌리고

　　　　　　토막(薯)이 가늘거늘 포겠거여(어린 薯로 手淫)

(이런 소문 때문에 공주는 귀양가게 된다.)

선화공주는 성 안의 나쁜 소문 때문에 귀양 가다가 도중에 한 남자를 사귀어 정을 통하고 보니 그가 바로 薯童(서동)이라 童謠(동요)의 效驗(효험)을 믿었다. 즉 植物(식물)인 어린 薯(마)이든(所聞+手淫), 人間 薯童(인간 서동)(通情)이든 薯(서)를 경험했다.

〈處容歌(처용가)〉, 〈慕竹旨郎歌(모죽지랑가)〉 등 모든 鄕歌(향가)는 原文(원문)을 파괴하여 재구성하여야 바른 해석에 접근할 수 있다. 한편, 설화 내용만 보아도 교육적인 내용은 아닐 것 같은데 부여 宮南池(궁남지) 앞에 〈薯童謠(서동요)〉 노래碑(비)가 서 있다. 性敎育用(성교육용)일까??

신라 향가 25수 중에서 비록 글자는 25자이지만 향가의 진수를 알 수 있는 가장 중요한 이두문이다. 지금까지 善花公主(선화공주)라는 이름에 현혹되고, 한자의 訓(훈)으로 풀이하고 古代語(고대어)의 殘在(잔재)가 남아 있는 사투리를 모르기 때문에 해석하지 못한 것이라고 본다. 우리 향가 25수, 일본서기의 詩歌(시가) 190여 수, 만엽집 4,615수 중에서 나의 풀이로 볼 때 한 수도 바르게 풀이한 것이 없다. 일본인에게 가장 난해하다는 만엽집의 7수가 나에게는 가장 쉽게 풀렸다는 것은 그것이 고대 한국어로 쓰였다는 증거가 아닐까?

3.
獻花歌
헌화가

신라 성덕왕때 순정공이 강릉 태수로 부임하는 도중 바닷가에서 점심을 먹다가 절벽에 곱게 핀 꽃을 보고 그 부인이 종자들에게 그 꽃을 꺾어 달라고 하였으나 모두 위험하다고 거절하는 것을 한 老人(노인)이 암소를 몰고 가다가 이를 듣고 부른 노래가 〈獻花歌(헌화가)〉이다.

紫布岩乎過希執音乎手母牛放教遣 吾肹不喩慚肹伊賜等 花肹折叱可獻乎理音如

〈一字一音(1자1음)으로 음독(音讀)하면 우리의 고어(古語)가 된다.〉

해석 (1)

紫布岩乎過	希執音乎手	母牛放教遣
자포암호과	희집음호수	모우방교견
자주암어가	희집음었수	매우방가거
자주안아가	헤집음었서	매우밟고겨

吾肹不喩慚肹	肹伊賜等花	肹折叱可獻	乎理音如
오비불유잠	비이사등화	비절줄가헌	호리음여
오비뿌루잠	삐리사들아	삐제줄가혀	하리 음려?
오비뿔루면	빨리시들어	꺾어줄까요	어떻게 할까요?

해석 (2)

紫布岩乎過	希執音乎手	母牛放教遣
자포암호과	희집음호수	모우방교견
자주암어가	희집음었수	매우방가거
자주안아가	헤집음었서	매우밟고겨

吾肹不喩慚肹	肹伊賜等花	肹折叱可獻	乎理音如
오비불유잠	비이사등화	비제줄가헌	호리음여
오비뿌루잠	삐리사들아	삐채줄가혀	하리 음려?

오비뿌루면 빨리시들어 흙채줄까요 어떻게 할까요

해석 (3)

紫布岩乎過 希執音乎手 母牛放敎遺
자포암호과 희집음호수 모우방교유
자주암어가 희집음었수 매우방가유
자주뽑아가 헤집어 놓아서 매우 반가워요

吾肹不喻慚 肹伊賜等花 肹折叱可獻 乎理音如
오흘불유잠 흘이사등화 흘제줄가헌 호리음여
오늘뿌루잠 흔이사들아 흘채줄가혀 하리 음려?
오늘꺾으면 빨리시들어 흙채줄까요 어떻게 할까요

해석 (4)

紫布岩乎過 希執音乎手 母牛放敎遺
자포암호과 희집음호수 모우방교견
자주암호가 희집음호수 매우방고겨
자주암오가 헤집음오서 매우발격고
자주암어가 헤집음어서 매우밟혔고

吾肣不喩慙	肣伊賜等花	肣折叱可獻	乎理音如
오비불유잠	비이사등화	비절줄가헌	호리음여
오비뿌루잠	비리시들아	비져줄가혀	하리음여
오비뿌루면	삐리시들아	삐져줄가혀	하리음여
오비꺾으면	빨리시들어	삐져줄가여	하리으며

[자구풀이]

過: 과거에 많이 뽑아 갔음을 암시한다.

希執…手: '손 타서 희귀해졌다'를 암시한다.

母: 일부 지방에서 '오매'라 호칭

紫岩: 紫水晶(자수정) 울산의 언양 지방에 세계적인 자수정 광산이 있다.

敎遺/ 敎遺: 다음 문장의 가르침을 남기고 싶음을 암시

肣: 한자사전에는 '힐'이나 反切音(반절음)으로 黑乙切(흘)

不喩慙: 꽃 꺾는 것이 기분 나쁨을 암시

賜: 내리다. (賜藥 처럼?)

花: 꽃이 시듦을 암시

折: 편안한 모양(제)

獻: (흙을 뭉쳐) 드릴까요

[현장 검증]

(이두식(音)으로 읽어 우리말의 표현이 부족하니 문장 내용에 적합한 한
자를 골라 이해를 도운 듯)

자주 뽑아가 헤집어 놓아서(헤집어 찾다?) 그러나

매우 반가워요 (아직 꽃이 있으니) 오늘 꺾으면

빨리 시들어 흙 채 줄까요(자연 그대로 둘까요?)

어떻게 할까요?

獻花歌의 전혀 다른 해석 -

다음은 日本人 小倉進平(1)와 양주동 박사(2)의 해석이다.

紫 布 岩 乎 過　　希 執 音 乎 手　　母 牛 放 敎 遺

붉은 바위 가에　　잡 은　　　손　　암소 놓게 하시고 (1)

자주빛 바위끝에　잡 으은　　손　　암소 놓게 하시고 (2)

吾 肹 不 喩 慚 肹 伊 賜 等 花 肹 折 叱 可 獻 乎 理 音 如

날 아닌지 부끄러워 이 사 든 꽃을 꺾어　　들이오리이다(1)

나를 아니 부끄러　　하 시 면 꽃을 꺾어　　받자오리이다(2)

향가와 만엽집의 새로운 해석

훈독(訓讀)으로는 또 다른 절묘(絶妙)한 내용(內容)을 담고 있다.

1) 紫布岩乎過 (자주 가져가)

音讀(음독)

紫布: 지포 → 자보 → 지꾸 → 자주

岩乎過: 암호과 → 암어과 → 안어가 → 가져가

訓讀(훈독)

紫布: 울산, 언양 지방의 세계적인 紫水晶(자수정)을 일반

인들이 자주 보자기에 싸 가지고 간 듯.

乎(호): 아!(歎息: 탄식), 가(까)(疑問詞: 의문문), 감탄할(感歎詞:

감탄사). 여기서는 꽃을 자주 꺾어가므로 嘆息(탄식)

의 뜻이다.

過: 과거부터 자수정을 자주 가져간 듯하다.

여기서는 꽃을 자주 가져 갔음을 표현한 듯.

2) 希執音乎手 (혜집음어서)

音讀(음독)

希執音: 희집음 → 혜집음

希: 罕也(드물 한), 稀也(드물 희)

執: 잡을(집)

音: 흩어지다. 나누어 주다. 소식. 답신

乎: 여기서도 歎息(탄식)(그때도 자연보호를 한 듯)

訓讀(훈독)

　希執音乎手: 손 타서 흩어지고 희귀함을 암시 한 듯.

　手, 執: 손타서 희귀해(希)졌다.

　手: 여기서는 歎息(탄식)의 뜻으로 해석해야 한다.

3) 母牛放敎遺 (매우 밟혔고)

音讀(음독)

　母牛: 모우 → 메우 → 매우

　放敎遺: 방교유 → 밟고유 → 밟고요

　모우방교겨 → 매우방곡겨 → 매우발격고 → 매우발고 →

　매우밟혔고. '발피다'는 "밟히다"의 옛말?

訓讀(훈독)

　母牛放敎遺: 암소를 放飼(방사)하여 발자국을 많이 남김을

　　　　　　　표현한 듯.

　　　　　　　새끼 있는 암소(母牛)를 길들이려고 (敎) 놓아

(放) 보내다(遣)

암소를 방사(放飼)하니 땅이 많이 밟혔다. 즉
훼손이 심했다.

海歌(해가)에서 수로부인이 성폭행 당한 것을
암시한다.

4) 吾肹不喻慚 (오비 뿌루면, 오비 꺾으면)

音讀(음독)

吾肹: 오비 → 오비(쥐다) → 오마쥐다

남부 지방 방언에 '오비 쥐다' 한 손에 들어갈 정도
의 양을 쥐다.

不喻慚: 불유잠 → 불류잠 → 뿌루잠 → 뿌루면 → 꺾으면
'뿌루다'는 '꺾다'의 옛말이다.

訓讀(훈독)

不喻: (꽃을 꺾으면) '기분이 나쁘다'를 표현한 듯

慚(잠): 부끄럽다, 수치(꽃을 꺾으면), 반절음: 財甘切(잠)

不喻慚: '꽃을 꺾는 것'이 나(吾)에게는 기분 좋은 일이 아
니다. '자연 보호'를 암시하는 것 같다.

5) 肹伊賜等花 (빨리 시들어)

音讀(음독)

肹伊: 삐이 → 삐리, (비이 → 삐리 → 빨리?)

賜等花: 사등화 → 시들화 → 시들아

訓讀(훈독)

肹: 클, 소리 울릴(흘, 비, 힐)

賜(시): 반절음은 斯義切(시)

等: 다른 곳에서도 '들'자 대신으로 쓰임.

花: '꽃이 시든다'를 나타냄.

사람(伊)이 꽃(花)을 내리게 하다(賜). 즉 시들게 하다.

海歌(해가)에서 절색인 수로부인을 시들게 하다. 즉 자살

을 예언한다.

6) 肹折叱可獻 (삐저 줄가여)

音讀(음독)

肹折: 흘져 → 흙제 → 흙채 (뿌리에 흙을 뭉쳐서)

叱可獻: 줄가헌 → 줄가혀 → 줄가이 → 줄가요

삐져 주다(낫이나 칼로 나무의 일부를 깎아 주는 것)

訓讀(훈독)

折: 꺾을(절), 편안할(제), 丈列切(절), 田黎切(져 → 제)

可: 許也, 肯也 (承諾(승락)을 받으려는 뜻)

獻: 반절음은 許建切(헌), 桑何切*사), 魚이切(이)

시들어도 좋다면(可) 삐져(朌折) 올리겠다(獻)

수로부인의 요구대로 노인은 꽃을 꺾어 올렸고 꽃이 시들
듯이 결국 2일 후 수로부인은 바다에 투신 자살했다.

7) 乎理音如 (하리오까)

音讀(음독)

乎理音如: 하리음여 → 하리음며 → 하리으며 → 하리으
까 → 하리오까?

訓讀(훈독)

乎: 가호(疑問詞), 그런가호(感歎詞)

理: 處置也 (시키는 대로) 처리하겠다.

音: 소식(음), 소리(음) (聲也), 音信(회답)을 기다리는 질문

如: 시키는 대로(朌折叱可獻)

《삼국유사》에는 聞夫人言 折其花 亦作歌詞 獻之(부인의 말을

들고 그 꽃을 꺾고 가사도 지어 바치다)라 적혀 있으나 문장 내용으로
보아 그때도 '자연 보호' 하자는 뜻으로 〈獻花歌(헌화가)〉를 지은
듯하다.

자주 뽑아가 헤집어 놓았수 매우 밟고요.

오늘 꺾으면 빨리 시들어 흙 채 줄까요(자연 그대로 둘까요?)

어떻게 할까요?

'水路夫人(수로부인)'을 형이상학적으로 요약하면 다음과 같다.

(1) 위험한 절벽 위에 핀 꽃을 꺾어 달라 했다.(부인의 정신이상
을 암시한다).

(2) 꽃이 꺾이면 빨리 시들고, 여자도 꺾이면(성폭행 당하면) 빨
리 죽는다.

(3) 便行二日程: 2일 정도는 편하게 갔다. (정신병 발작 없이)

(4) 海龍(해룡)이 水路夫人(수로부인)을 채고 바다로 들어갔
다. (부인의 투신자살)

(5) 今海中傍生. . 可見夫人矣: 지금 바다에 방생하면 부인을
볼 수 있다(시신을 찾다).

(6) 水路夫人(수로부인)이 절세 미인이었으므로 귀신이나 영물
들에게 여러 번 붙들려갔다. 이 말은 〈海歌(해가)〉의 '掠人

婦女 罪何極'의 내용으로 보아 불량배들에게 여러 번 성폭행 당한 것으로 짐작할 수 있다. 그래서 우울증이 발병한 듯하다.

(7) 현대 사회에서도 '성폭행 → 우울증 → 투신자살'의 과정을 많이 볼 수 있다.

(8) 〈獻花歌(헌화가)〉는 부인의 短命(단명)을 예언한 것이고 〈海歌(해가)〉는 투신자살한 부인의 명복을 빌기 위해 방생(傍生→ 放生)할 때 '거북이'에게 주의를 주는 내용이다.

(9) 〈獻花歌(헌화가)〉는 기본적으로는 오언체이고 〈海歌(해가)〉는 칠언체이다.

(10)〈海歌(해가)〉도 분명한 吏讀文(이두문)인데도 지금까지 한문 투로 해석해 왔다.

(11) '방언'이나 '사투리'라는 말 대신 '옛말(古語)'

4.
海歌
해가

海 歌 詞 (원문 28자)

龜乎龜呼出水路 掠人婦女罪何極 汝若滂逆 不出獻入
網捕掠 燔之喫

기존의 해석은 다음과 같다.

거북아 거북아, 수로부인을 내놓아라.
남의 부인을 앗아간 죄 그 얼마나 크리.
네 만일 거역하고 내놓지 않는다면,
그물로 옭아 구워 먹으리.

이런 식으로 해석한다면 한자도 아니고 이두문도 아니다.

이상과 같이 억지 해석하여 鄕歌(향가)가 아닌 것으로 취급하고 있다.

龍(용)이 잡아 갔는데 거북이에게 내놓아라?

音讀(음독)과 訓讀(훈독)을 모두 이해해야 깊은 뜻을 알 수 있다.

지금도 '거북이'와 '잉어' 등으로 방생을 하는데 구워 먹다니….

⟨海歌(해가)⟩는 기본적으로 칠언체이다.

《삼국유사》에 水路夫人(수로부인)의 중요한 부분을 요약하면 다음과 같다.

所聞 水路姿容絶代 每經過深山大澤 屢被神物掠攬…

海龍忽攬夫人入海… 今海中傍生(放生)… 作歌唱之 以杖打岸 可見夫人矣

여기서 우리는 삼국유사 중에서 다음 몇 가지를 짐작할 수 있다.

1) 절색인 水路夫人(수로부인)이 불량배들에게 누차 잡혀가(屢被) 성희롱을 당한 듯하다.

2) 이로 인해 우울증(?)이 발생하여 純貞公(순정공)이 부인을 요양시키기 위해 강릉 태수로 가던 중 부인이 위험한 절벽 위의 꽃을 꺾어 달라고 했다.

   그래서 어떤 노인이 〈獻花歌(헌화가)〉를 지어 올렸다. 그 후 편하게 이틀을 가다가 臨海亭(임해정)에서 점심을 먹게 되었는데 海龍(해룡)이 갑자기 나타나 부인을 데리고 바다로 들어갔다. (부인이 갑자기 바다에 투신 자살한 것을 미화하고 있다.)

   '그 후 편하게 이틀을 가다'는 안정이 된 것을 의미하는 듯.

3) '지금 바다에 방생하면 부인을 볼 수 있으리라'는 내용으로 보아 방생법회 때 지팡이로 강 언덕을 치며 거북이를 水路(수로)로 誘導(유도)하며 注意(주의)를 주고 있는 내용이다.

4) 고대에는 放生(방생)이 아니고 傍生(방생)인 듯하다.

七言體(칠언체)를 기본으로 하고 一字一音(1자1음)으로 音讀(음독)하면 다음과 같다.

龜乎龜呼出水路 掠人婦女罪何極 汝若滂逆 不出獻入 網捕掠燔之喫

귀호귀호출수로 약인부여죄하극 여약방역 불출헌입 망포약
번지끽

귀호귀호주수로 약인부여죄하극 여약방혁 부주헌입 망포약
번지끽

기오기오주수라 앗끼무어찌하걱 어야빠혀 부지헌이 망보야
번지기

기어기어주시라 잡히면어찌할꼬 어서빨리 부지런히 망봐야
빠지기

訓讀(훈독)으로는 다른 絶妙(절묘)한 內容(내용)을 담고 있다.

거북아(龜乎) 거북아(龜乎) 물길(水路를 따라)로 나가거라

婦女子(부녀자)를 掠奪(약탈)한 사람(掠人)의 죄(罪)는 어찌 극
형(何極)이 아니겠나(잡히면)

네(汝)가 만약(若) 지시(滂)를 따르지 않으면(逆) (바다로 가지
않고 逆流하려면)

나가지 말고(不出) 들어오너라(獻入)

그물(網)에 잡혀(捕掠) 구워(燔) 먹힌다(喫). (부지런히 빤히 망보
지 않으면)

1) 龜乎龜呼 出水路 (기어기어 주시라)

音讀(음독)

귀호귀호 주수락 → 기오기오 주수라 → 기어기어 주시오

訓讀(훈독)

거북아 거북아 물길로 나아가라

龜: 구, 귀

乎: 感歎詞(감탄사), 歎息(탄식), 疑問詞(의문사)

出: 반절음으로 尺栗切(출), 尺類切(주)

路: 반절음으로 魯故切(노, 로), 歷各切(락)

2) 掠人婦 女罪何極 (앗끼무어찌하걱: 잡히면 어찌할꼬)

音讀(음독)

약인부 여죄하극 → 약끼부 어죄하걱 → 앗끼무 어찌하

꺼 → 앗기무 어찌하걱(잡히면 어찌할꼬)

訓讀(훈독)

婦女子(부녀자)를 掠奪(약탈)한 者(자)의 罪(죄)는 極刑(극

형)(잡히면), (성희롱한 자가 '잡히면' 극형에 처하겠다)

3) 汝若滂逆 (어여빨리)

音讀(음독)

여약방혁 → 어야빠혀 → 어야빠히 → 어야빨리

訓讀(훈독)

만약 너가 흐름을 거스르려면(바다로 가지 않고 逆流(역류)

하려면), (滂逆: '역류하려는 뜻이라면' 이때는 의도적으로 三水변

대신 心변을 사용한 듯)

4) 不出獻入 (부지런히)

音讀(음독)

부주헌입 → 부주헌이 → 부지런이

訓讀(훈독)

나가지 말고(不出) 수입(入)만 올린다(獻) (부지런하다)

나가지 말고(不出) 들어오너라(獻入) (逆流하려면)

5) 網捕掠 燔之喫 (망봐야 빠지기)

音讀(음독)

망포약 번지끽 → 망보야 번지기 → 망봐야 빠지기

訓讀(훈독)

그물에 잡혀 구워 먹힌다. (망보지 않으면)

燔之喫: 뻔지기(뻔질나게?) 혹은 빤지기(똑바로, 빤히)

龜: 구, 귀

乎: 感歎詞(감탄사), 歎息(탄식), 疑問詞(의문사)

出: 반절음으로 尺栗切(출), 尺類切(주)

路: 반절음으로 魯故切(노, 로), 歷各切(라)

極: 반절음으로 竭億切(격 → 극), 幹逆切(격)

仡: 흘, 을

滂: 물 흐르는 모양(방):《三國遺事(삼국유사)》에는 心변에
旁자이나 字典에는 없음. 心변에 旁자라면 '내 뜻을
거역하려면'으로 해석할 수 있겠다.

추가

기존의 해석은 제목이나 설화 내용과 거의 맞지 않다.

부여 궁남지 앞에 있는 薯童謠碑(서동요비). 공주가 귀양가게
된 참뜻(手淫(수음))을 안다면 碑(비)로 세울 수 있을까?

한자를 빌려 우리말을 기록으로 남기려고 애를 쓴 선조들의
노력에 머리가 숙여질 뿐이다.

5.

安民歌
안민가

35代 景德王(경덕왕, 742~765)의 正妃(정비) 沙梁夫人(사량부인)
은 後嗣(후사)가 없어 폐출되고 둘째 滿月夫人(만월부인)으로부터
758년에 아들을 얻었다. 그러나 그 아들의 하는 짓이 여자 같아
왕자로서 자질 문제로 걱정을 많이 산 것 같다.

　王(왕)이 나라를 다스린 지 24년에 五嶽(오악)과 三山神(삼산신)
들이 때때로 나타나서 대궐 뜰에서 王(왕)을 모셨다. 이 말은 王
(왕)이 중병을 앓아 '정신이 왔다 갔다' 하고 있다는 것을 간접 표
현한 것이리라. 765년 3월 3일에 忠談(충담) 스님이 〈安民歌(안
민가)〉를 지어 王(왕)에게 바쳤으나 3개월 후 6월에 경덕왕은 세
상을 떠난다. 어린 세자는 8세로 왕위에 오르나 太后(태후)가 섭
정하니 나라는 도탄에 빠지고 왕은 타락하여 결국 15년 만에 亂
兵(난병)에게 母子(모자)는 피살된다. 처음 아들을 얻을 때 表訓

大師(표훈대사)의 말이 맞은 것이다.

君隱父也臣隱　愛賜尸母史也　民焉狂尸恨阿　孩古爲賜尸知
군은부야신은　애사시모사야　민언광시한아　해고위사시지
군은보야신은　애시시모사야　민언광시한아　해고위시시지
끈은보아시는　애서서모셔야　미어괄시하나　핵고이서시지
끈을보았스니　애써서모셔야　미어괄시하나　핵꼬이서시지

경상도 지방에는 아직도 70~80세 이상 되신 분들은 가끔 '자식의 결혼'을 '끈을 붙이다'라고도 표현한다. 여기서는 '끈'은 아들을 의미한다.

설화처럼 어렵게 아들을 얻었으나 하는 행동은 여자와 같다.

임금(君)이 아버지(父)가 되었으니, 즉 끈을 잇다, 아들을 얻다.

신하(臣下)들은 역사(史)에 기록된 어머니(母) 같이 사랑(愛)을 내려야(賜)한다. 백성(民)은 어찌(焉) 광기 있는 왕(狂)에 한(恨)이 없겠나

어려서(孩)인지, 어래돼서(古)인지 아는(知) 것이 떨어진다(賜)

즉, 잘 모르겠다. 옛말로 '남자인지 여자인지 핵꼬이다.'

民是愛尸知古如　窟理叱大　肹生　以支所　音物生

민시애시지고여　굴리질대　비생　이지소　음물생

민시애시지고여　골리줄대　비성　이지소　음물생

밋시애씨지고여　골리줄때　빌썽　이짓소　어무새

몹시애씨지고여　골리줄때　빌써　이젖소　어므새

몹시애써가지고　골리줄때　벌써　잊었소　어느새

애씨지다 → 애써지다

비성 → 빌썽 → 빌써 → 벌써

如는 '골리줄 때'를 의미한다.

백성(民)이 인정하고(是), 알다시피(知古如) 사랑(愛)으로 주장
(尸)하여 즉, 아들을 얻으려고 열심히 기도하여

큰(大) 소리쳐서(叱, 肹) 많은 사람 중에서(窟) 처리하여(理) 만
들다(生). 즉 고르다.

그곳(所)을 세분해서(支) 생각하다(以) 즉 일부만 생각난다.

소리(音)가 물건(物)을 만들어 낸다(生). 마법의 램프처럼 갑자
기, 어느새 물을 만들어 내다.

此肹殆惡　支治良羅　此地肹捨遣只　於冬是去於
차비손악　복치량라　차지비사견지　어동시거어
지비손아　복이라나　지지비사견지　어동시거여
디비쏘아　밖길라나　디집비싸건지　어떠실꺼여
디비쪼아　바뀔라나　디집빌쌀건지　어떠실꺼여

두들겨(支) 다스리면(治) 좋아질라나(良羅)
엎지러진 국밥이 좋아지겠나
밥도 죽도 아닌 남도 여도 아닌 국말이 같이
殆: 밥, 저녁 밥, 말다

丁爲尸知國惡　支持以支知古如　後句　君如臣多支
정위사지국악　복지이지지고여　후구　군여신다지
덩위시지국아　볶지이찌지고여　후꾸　끈어신다지
더이시지국가　찌찌이복지고여　후끈　긇어신다지
더이시지구자　지지고복지고여　후끈　긇어신다지

民隱如爲內　尸等焉國惡　太平恨音叱如
민은여위내　시등언국악　태평한음질여
미은여이내　시들어국아　대뻔해음즐여

밉다면이내 시들어국아 대뻔에음충려

(괴팍한 성질을 표현한 듯)

6.

慕竹旨郞歌
모죽지랑가

鄕歌(향가)에서 新羅語(신라어)를 찾다.

1995년 1월 뉴욕타임지는 다음과 같이 보도했다.

'소련계 미국 고등학교 2학년 학생인 '카자노프' 군이 지난 300년 동안 증명하지 못한 '페르마의 마지막 정리'를 증명했다.' 그 학생은 지금까지 불가능하다는 이 정리를 학생 수준에 맞게 단순하고 쉽게 접근하여 증명하는 데 일조를 했던 것이다.

신라 향가나 〈만엽집〉 등도 고대인 수준에 맞게 단순하고 쉽게 접근한다면 고대인과 호흡을 같이 할 수 있다고 본다. 필자가 국어학이나 국문학을 전공했다면 아주 단순하고 원초적인 접근을 못했을 것이다. 국어학에 무지했기 때문에 鄕歌原文(향가원문)을 소리글 같이 암송하다가 뇌리에서 사라져 가던 옛 말들이 불현듯 되살아나 선택된 漢字(한자) 하나 하나를 집중 분석한 결과 訓讀(훈독)은 音讀(음독)을 절묘하게 보완하고 있음을 알 수 있었다.

文字(문자)는 말(言語)의 무덤이다.

'로제타 스톤의 신성문자(BC196)', '七枝刀(칠지도)의 명문 (AD230)', '광개토대왕 비문(AD414)', '무령왕능 誌石(지석) (AD529)', '향가 및 만엽집(AD500~1000)' 등은 그 시대의 말과 감정까지도 모두 글자 속에 묻어 두고 있으므로 '쥐라기 공원'같이 생명을 불어 넣어야 그 실체를 알 수 있을 것이다. 특히 신라 향가는 言語(언어)의 비약이 심하여 그것이 쓰인 배경을 충분히 이해해야 바른 해석에 접근할 수 있다.

지금까지 많은 향가 연구가들은 원문 띄어쓰기에 너무나 충실하였고 남부지방 옛말을 이해 못했기 때문에 해석이 각양각색이었다. 그래서 일부 학자는 '지나친 억측이나 독단이 적지 않다'.고 실토하고 있다.

〈慕竹旨郞歌(모죽지랑가)〉는 竹旨郞(죽지랑)이 은퇴한 뒤인 신라 32대 孝昭王(효소왕)(AD692~702) 때의 노래이다.

죽지랑은 28대 진덕여왕(AD647~654)이후 31대 신문왕 (AD681~691)까지 4대에 걸쳐 조정 대신으로 있었으며 신라 삼국을 통일할 무렵에는 화랑으로 김유신 등과 큰 공을 세운 실존 인물이다.

관련 설화에는 가난한 선비 得烏(득오)가 憧典(동전)(일종의 관청?)의 밭에서 노역을 하는데 친구인 죽지랑이 구해준다. 득오가 어떤 일로 노역을 했는지는 원문 속에서 알 수 있다.

한편 향가를 바르게 해석하는 것은 당시의 생활상을 이해하는 데 많은 도움이 된다. 1,300년 전으로 시간 여행을 해 보자.

설화에 처음에(初)라고 나오는데 이는 죽지랑을 알기 전에 得烏(득오)가 '春困期(춘곤기)에 장리쌀(봄의 한 가마는 가을의 두 가마)을 먹고 가을에 갚는데 겨울 양식용으로 남겨 두니 약간 모자라자 憧典(동전)이 노역으로 갚게 하니 선비에게는 못 견딜 수모이며 또한 궁지에 몰린 동네 사람들을 사주하여 집단 행동으로 감면받은 일이 있다.'라는 내용이 있다.

죽시랑 사후 모랑부 憧典(동전)의 밭에서 죽지랑의 도움으로 풀려난 것을 생각하며 죽지랑의 도움을 받기 전에는 이렇게 했다는 것을 회상하는 내용이다. 기존의 해석은 생략한다.

향가는 언어의 비약이 심해 사건의 중심에 서야만 정확한 해석을 유추할 수 있다.

〈慕竹旨郎歌(모죽지랑가): 원문 75자〉

去隱春皆理米

毛冬居叱沙哭屋尸以憂音

阿冬音乃叱好支賜烏隱

貌史年數就音墮支行齊

目煙廻於尸七史伊衣

逢烏支惡知作乎下是

郎也慕理尸心未　行乎尸道尸

蓬次叱巷中宿尸夜音有叱下是

　필자는 원문을 파괴하여 五言體(5언체)를 기본으로 하고 순수한 우리말 音節(음절)에 맞추어 다음과 같이 나누어 보았다. 그대로 音讀(음독)해도 우리말의 어떤 感(감)을 느낄 수 있었다.

　去隱春皆理米　毛冬居叱沙　哭屋尸以憂　音阿冬音乃

　叱好支賜烏隱　貌史年數就　音墮支行齊　目煙廻於尸

　七史伊衣逢　烏支　惡知　作乎下是郎也

　慕理尸心未　行乎尸道尸　蓬次叱巷中　宿尸夜音有　叱下是

현재음과 反切音(반절음, 고대 한자의 발음 기호)의 비교

春(춘): 尺尹切(쥰), 樞倫切(춘)

米(미): 母禮切(메 → 며)

賜(사): 斯義切(시)

叱(질): 尺栗切(쥴)

就(취): 容擧切(여), 疾酋切(주 → 즈 → 지 → 취)

　귀족인 竹旨郞(죽지랑)이 益善(익선)의 밭에서 부역하고 있는 가난한 선비 得烏(득오)의 휴가를 얻어 주기 위해 益善(익선)에게 得烏(득오)의 휴가를 청했으나 거절당한다. 마침 使吏(사리) 간진이 租稅(조세) 30석을 도성으로 운반하다가 이를 보고 30석을 益善(익선)에게 주겠다 해도 益善(익선)은 또 거절하나 말안장 하나를 더 주자 得烏(득오)를 풀어준다. 朝廷(조정)의 花主(화주)가 이를 알고 益善(익선)을 체포하러 갔으나 도망가 버려 장남이 대신 잡혀 왔는데 (그 아들을) 목욕시키니 얼어 죽어 버렸다. 그러나 得烏(득오)가 무엇 때문에 부역을 했으며, 또 그 많은 양곡을 준다해도 거절한 益善(익선)의 고집에 대한 설명이 없다. 그러나 원문 속에 그 내용이 확연하게 나타난다.

등장 인물

竹旨郞(죽지랑): 신라 28대 진덕여왕(647~654) 이후 31대 신문
　　　　　　　왕(681~691)때에 이르기까지 4왕조의 조정에
　　　　　　　서 대신으로 있었던 실존 인물.

益善(익선): 신라 18등급 중 제6위 幢典(포목상, 관청 관리자?)

得烏(득오): 신라 16등급 중 제9위(花郞)

花主(화주): 花郞의 우두머리

侃珍(간진): 使吏(세무원)

우리나라 향가 연구가들은 1929년 일본인 小倉進平(오구라 신
페이)의 해석법을 오늘날까지 그대로 답습하고 있다. 향가가 쓰
인 배경에 조금만 관심을 가졌어도 그의 그늘에서 벗어날 수 있
었을 것이다.

'去隱春皆理米.' 필자는 이 한 소절의 '春(춘)'과 '米(미)'에서
6.25 전후 필자가 경험했던 '보릿고개와 장리쌀'이 電光石火(전
광석화)처럼 떠올랐다. 먼저 이해를 돕기 위해 현장 검증을 해보
면 대략 다음과 같다.

봄(春)에 쌀(米)을 거래(去來)하다. 즉 보릿고개 때 益善(익선)으

로부터 장리쌀을 내어 먹은 得烏(득오)가 흉작 등으로 가을에 다
개리지(갚지) 못하자 익선은 못 개린(갚은) 만큼 勞役(노역)을 시
킨다. 겨울 양식 때문에 이자를 조금 못 갚아 치사(七史)한 사람
으로 취급당하니 선비 체면이 말이 아니다. 이 소절에 대한 다른
학자들의 敍事詩(서사시) 같은 해석을 감상해 보자. 전체 해석은
지면상 생략한다.

〈去 隱 春　 皆 理 米〉

(1) 가는 봄이 다 다스리 (小倉進平)

(2) 간 봄　　그 리 매 (양주동)

(3) 니언 봄　다 리 미 (이탁)

(4) 간 봄　　다 리 미 (홍기문)

(5) 가는 봄　여 리 미 (정렬모)

(6) 간 봄　　그 리 매 (지헌영)

(7) 깐 밤　　가 리 매 (김선기)

(8) 간 봄　　그 리 매 (김준영)

(9) 간 봄　　몯오리매 (김완진)

(10) 간 봄　　ㄱ 리 매 (서재극)

(11) 거 으 즌　개 리 며 (필자)

吏頭式(이두식)의 一字一音(1자1음)으로 音讀(음역)해 보자.

去隱春皆理米　毛冬居叱沙　哭屋尸以憂　音阿冬音乃

거은춘개리미　모동거질사　곡옥시이우　음아동음내 (현재음)

거은준개리며　모동거줄사　곡옥시이우　음마동음내 (반절음)

거으즌개리며　모든거줄사　꼬옥씨이우　얼마도엄네 (옛말?)

거어진갚으며　모든거주라　꼬옥씨이우　얼마도없네 (옛말?)

叱好支賜烏隱　貌史年數就　音墮支行齊　目煙廻於尸

질호지사오은　모사년수취　음타지행제　목연회어시 (현재음)

줄호지시오는　모사년수지　음다지행지　목연해어시 (현재음)

줄오지시오는　모사엿수지　엄다지해지　목견해어서 (옛말?)

줄아주시오는　못사여서지　엇다지해지　목견해어서 (옛말?)

七史伊衣逢　烏支　惡知　作乎下是郞也　慕理尸心未

칠사이의봉　오지　악지　작호하시량야　모리시심미 (현대음)

칠사이이봉　오지　악지　작호하시량야　모리시심미 (반절음)

치사이입오　옷지　아직　작고하실랑아　몰리시시미 (옛말?)

치사이입어　왔지　아직　작고하실라나　몰리시시면 (옛말?)

行乎尸道尸　蓬次叱巷中　宿尸夜音有　叱下是

행호시도시　봉차질항중　숙시야음유　질하시 (현대음)

행호시도시　봉차줄항등　숙시익음유　줄하시 (반절음)

해웃시더니　볻차줄아등　숙씨기으무　줄핫지 (옛말?)

해왔 드시　박쳐줄아등　숙씨기으무　줄앗지 (옛말?)

내용을 하나하나 분석해 보자.

거어진 개리며: 거의 갚았는데 소위 '끝다리'가 조금 남은 듯.

모든거 줄사: '끝다리'까지 모두 달라고 한 듯.

꼬옥 씨이우: 모두 달라고 우긴다. (과거 개인 감정 때문이다)

얼마도 없네: '끝다리'가 얼마 없는데 (삭감해 달라.)

줄아 주시오는: '얼마 없는데 삭감해 달라'하는 것은 못살아
　　　　　　　서지.

못사 여서지: '줄아 주시오'의 이유.

엇다 지해지: '끝다리'만큼 선비에게 노역을 시켜 공제하기
　　　　　　때문.

목견해어서: 육체적이나 정신적으로 못 견디다.

치사이 입어 왔지: 이자 떼어 먹은 치사한 사람이 되다.

아직 작고 하실라나: 아직도 계속하시려나 (선비를 잡아서 노역
　　　　　　　시키는 것)

몰리 시시면: 궁지에 몰리면

해왔드시: 전에도 시위 했듯이.

받쳐 줄아등: 앞장 설 테니 받쳐 달라 (나를 따르라)

숙씨기으무: 사주하면 (시위 주동자)

줄았지: 시위하여 결국은 삭감했으나 개인 감정은 깊어 갔다.

죽지랑을 알기 전에는 궁지에 몰리면 시위로 해결했지만 죽지
랑이 재상이 된 후에는 법으로 보호받은 듯하다.

訓讀(훈독)은 音讀(음독)의 내용을 알 수 있는 또 다른 絶妙(절
묘)한 뜻이 있다.

1) 去隱春皆理米 (거즌 개리며, 거진 갚으며)

   거은준 → 거으즌 → 거즌 → 거진 → 거의

   皆理米(개리며): '갚으며'의 옛말(개리다: '갚다'의 옛말) 춘(春)

   　　　　　　궁기에 먹은 장리쌀(米)을 거진(去隱春) 개

   　　　　　　리며(갚으며) 쌀(米)을 이치대로(理) 다(皆)

   　　　　　　개리지 못했기 때문에 사건이 발생한다.

   隱: 장리쌀은 혼사, 경제 문제 등으로 은밀히 거래한다.

   　　지금도 돈 거래는 은밀하게 한다.

장리쌀: 춘궁기에 한 가마 먹고 가을에 한 가마반으로
갚는다.

2) 毛冬居叱沙 (모든거 줄사, 쌀 한 톨까지 모두 달라)

  毛冬: 겨울 털은 많다. 즉 모두를 암시한다.

  毛冬居: 겨울(冬)살이(居) 양식까지 모두(毛冬)

  叱沙: (소량까지 모두) 줄사, 주라, 달라.

  叱: 질타. (감정이 섞인) 高聲(고성)

  沙: 소수, 소량, 모래

  겨울살이(冬居) 양식까지, 소수의 이자(沙)까지 모두(毛) 달라(叱)

3) 哭屋尸以憂 (꼬옥 씨이우, 고집부리다)

  상가(哭屋)에서 서로 주장(尸)하고 싸우기 때문에(以) 우울

  하다(憂). (형제간에 재산 분배등으로 서로 씨우다. 싸우다)

  尸: 주장하다.

  以: 때문에, 으로써

4) 音阿冬音乃 (얼마도 없네)

  소리(音)가 언덕(阿)에 막혀 작게 난다?

  겨울(冬)에는 소리(音)가 작게 난다? 즉 거의 갚고 '나머지

는 얼마 없다'를 표현한 듯.

乃: 쉼을 제대로 못쉬다. 소리를 제대로 못 내다('작다, 없다'
   를 암시)

5) 叱好支賜烏隱 (줄호지시오는, 줄아 주십시오는)

好: '감면해 주면 좋겠다(好)'를 표현한 듯.

賜: 하사하다, 내리다, 줄이다.

烏: 감면해 달라는 것이 '마음이 검다'를 표현한 듯. 즉 나
   쁜 줄 알지만 못 살아서….

6) 貌史年數就 (못사 였수지)

貌史: 가난이 얼굴(貌)에 기록(史)되다. 즉, 가난한 觀想(관상)

年數就: 수년(數年(수년))동안 취직(就)을 못해서 '못 산다'를
      암시한 듯.

7) 音墮支下齊 (엇다 지하지) (어디다 공제하느나?)

支下齊: 노동(行(행))으로 지하다. 즉 日當(일당)을 쳐서 갚
      아 나간다.

墮: 떨어지다. 減(감)하다. 지하다. 지하다: '공제하다'의 방언

8) 目煙廻於尸 (못견해어서, 못 견디어서, 자존심이 상해서)

눈(目)에 연기(煙)가 들어가 얼굴을 돌리며(廻) 소리 지르다
(於尸). 즉, 연기 때문에 '못 견디다'를 암시한다.

절묘한 표현에 감동하지 않을 수 없으며 우리말을 기록으
로 남겨보려는 노력이 쌓이고 쌓여 한글 창제의 원동력이
되었을 것이다.

9) 七史伊衣逢 烏支 (치사이입어 왔지)

七: 서양에서는 '럭키 세븐'이나 우리나라에서는 예로부터
　　'치사(七史)하다', '더럽다'의 뜻으로 사용한 듯.

伊衣逢: 사람(伊)이 옷(衣)을 만나다(逢). 즉 옷을 '입다'를
　　　　암시.

衣逢: 의봉 → 이봉 → 이보 → 입오 → 입어

10) 惡知 作乎下是郎也 (아직 작꼬 하실라나)

나쁜(惡) 줄 알면서(知) 선비(郎)를 하인(下)처럼(是) 부르며
(乎) 일(作)을 시키다.

작호 → 작꼬 → 자꾸 → 자주

(여기서는 일을 시키므로 作乎)

같은 뜻의 '자주'인데 〈獻花歌(헌화가)〉에서는 내용에 따라

‘紫布(자포)’로 씀.

紫布岩乎過 : 자포 암호가 → 자조 암호가 → 자주 가져가

자수정(紫岩)을 보자기(布)에 싸서 가져갔다(過).

현재도 언양, 울산에 세계적인 자수정 광산

이 있다.

11) 慕理尸心未 (몰리 시시면)

주장(尸)도 순리(理)가 저무다(慕). 즉 요구가 지나치면

마음(心)이 따를 수 없으면(未). 즉 궁지에 몰리면.

12) 行乎尸道尸 (해 왔드시) 무엇을 했을까?

길(道)에서 주장(尸)하고 소리 지르고(乎) 가다(行)

기록으로 남은 한국 최초의 ‘시위’가 아닐까?

13) 蓬次叱巷中 (받차 줄아둥)

동네 가운데 길(巷中)에서 소리 지르고(叱) 차례(次)로 받차 도(조)

巷中 → 봉차 → 보차 → 받차 → 받쳐

中: 동 → 중 → 주 → 조 → 도

내주, 내조, 내도: 모두 옛말로 Give me의 뜻

巷: 집과 집사이의 길(동네 가운데 길)

次: 第也 차례로

蓬: 무성한 모양(盛貌), 엉키(亂也) (봉)

蓬: 키가 작고 열매 같은 것이 뭉쳐 있는 쑥의 일종.

14) 宿尸夜音有 (쑥시이금무)

밤에(夜) 자는데(宿) 주장(尸)하는 소리(音)를 내다(有).

즉 깨우다, 사주하다.

쑥시기다: 막대 등으로 사물을 찌르고 휘젓는 것. (쑤시다)

15) 叱下是 (줄았지)

요구(叱)한 대로(是) 줄이다(下). 즉 삭감했다. 줄였다.

필자가 1950년대에 경험했던 '보릿고개, 장리쌀을 부역' 등을 新羅人(신라인)도 똑같이 경험했다는 것을 그들이 남긴 吏讀文 (이두문)에서 알 수 있었다.

竹旨郎(죽지랑)이 재상으로 있을 때 약 8개월 동안 50%나 되는 고리채를 없애는, 즉 박정희 대통령의 '사채동결'과 같은 어떤 특별 조치를 취하여 서민들로부터 많은 존경을 받았기 때문에 〈慕竹旨郎歌(모죽지랑가)〉가 만들어졌을 것으로 생각된다. 그러나 선조들의 위대한 문화 유산인 鄕歌(향가)가 아직까지도 모두

가 공감할 수 있는 통일된 해석이 없다는 것은 부끄러운 일이 아닐 수 없다.

일부에서는 鄕歌(향가)가 만들어질 당시 漢字(한자)를 현재와 같이 발음했을까? 하고 의문을 제기했으나 기원 전후에 만들어진 한자의 발음기호인 反切音(반절음)과 지금 일본 石上神宮(석상신궁)에 있는 七枝刀(칠지도) 銘文(명문)(AD230: 先世以來 未有此刀 百濟王世子), 甲寅年(갑인년)(AD414) 9월 29일에 세운 광개토대왕 비문, 癸卯年(계묘년)(AD523) 5월 7일에 崩(붕)하신 무령왕능의 誌石(지석)(寧東大將軍 百濟斯麻王 年六十二歲 癸卯年五月 內戌朔七日壬辰崩: 사마왕은 무령왕을 말하며 '사마'란 섬에서 태어났기 때문에 지어진 이름이라고《日本書紀(일본서기)》에 기록되어 있다. 섬아 → 서마 → 사마, 5세기경의 吏讀文(이두문) 등을 볼 때 적어도 기원전부터 사용하였을 것으로 추측할 뿐이다. 다만 碑文(비문), 誌石(지석),《三國史記(삼국사기)》와《日本書紀(일본서기)》에 나오는 干支(간지)가 모두 정확하게 일치하고 오늘날까지 이어짐에 놀라지 않을 수 없다. 이로 미루어 볼 때 당시에도 '갑인(甲寅), 백제(百濟), 칠일(七日)' 등으로 발음했을 것으로 생각된다. 六十二歲(육십 이세): 예순 두 살, 東風(동풍): 샛바람, 南風(남풍): 마파람, 七日(7일): 이레, 한문 투는 상류층 언어이고 순수한 우리말은 서민층 언어였을까?

7.

風謠
풍요

〈風謠(풍요)〉는 신라 27대 선덕여왕(AD632~647) 때에 良志(양지) 승려가 靈廟寺(영묘사)의 丈六三尊(장육삼존)을 빚어 만들 때에 선정에 들자 그의 佛心(불심)에 感化(감화)된 城(성) 안의 남녀들이 다투어 가면서 찰흙을 나르며 부른 노래이다. (삼국유사)

다음은 양주동 박사의 해석이다.
來如來如來如　來如哀反多羅　哀反多矣徒良
功德修叱如良來如
오다오다오다　오다 서럽더라　서럽다 우리들이여
공덕 닦으러 오다

〈삼국유사〉에 나오는 원문 그대로 해석하다 보니 일반인은 뜻

을 알 수 없는 글이 되고 말았지만 정설인 양 사람들에 膾炙(회
자)되고 있다.

  필자는 우리말 音節(음절)에 맞추어 다음과 같이 四言體(4언체)
로 재구성해 보았다.
  1/2 박자로 불러보자.

  來如來如 來如來如 哀反多羅 哀反多矣 徒良功德
  修叱如良 來如
  래여래여 래여래여 애반다라 애반다의 도량공덕
  수질여랑 래여 (현대음)
  내여내여 내여내여 애반달라 애반다이 도량공덕
  수줄여랑 내여 (반절음)
  내여내여 내여내여 애빠달라 애뻰다이 돌라코덕
  추줄열랑 내여 (옛말?)
  내여내여 내여내여 던져달라 던진다이 돌라커든
  추스여라 내여 (옛말?)

  音讀(음독)은 순수한 우리말이다.

來如: 같은(如) 것이 온다(來)

　　　많은 사람이 일렬로 서서 '릴레이'식으로 찰흙 뭉치를
　　　나르는 모양

來如來如: 내여내여 (흙덩이를 옆으로 계속 '내어 내어' 보낸다)

哀反多: 애반다 → 애빠다 → 애삐다 → 버리다.

　　　　지금도 일부 지방에서는 '애삐라(버려라)'를 사용하고
　　　　있다.

哀反多羅: 애삐달라, 던져 달라, 버려 달라 (찰흙 뭉치를 던져
　　　　　주려는 것)

哀: 버리는 것은 '슬프다'

反: 반대편으로 '던져라'

多: 많은 사람 혹은 많은 양의 찰흙

羅: (벌릴 라) 양손으로 찰흙을 받으려고 벌리다.

哀反多矣: 애삔다이 → 던진다이 (받을 준비가 되었는지를 확인)

矣: (확인) 받을 준비(羅)를 확인하고 던져주려는 행동

多羅: 다라 → 달라(give me)

多矣: 다이 → (예: 간다이; 간데이)

　　　상대에게 나의 행동을 확인시키는 것.

'哀反多羅'와 '哀反多矣'의 차이점을 알 수 있다.

徒良功德: 돌라코든 → 돌라하거든

무리지어(徒) 좋은(良) 일을(功德) 하다.

徒良: 도량 → 돌랑 → 돌라(give me)

功德: 공덕 → 고덕 → 코덕 → 커든 → 카든 → 하거든

'돌라 캐라'는 '돌라 하거라'의 옛말(사투리)이다.

修叱如良 來如: 수줄여랑 내여 → 추줄여랑 내여(추슬이다)

修叱如: 수줄여 → 추줄어 → 다지어(흙을 뭉쳐 땅에 여러 번 쳐서 '다지'는 것) 추출이다. '다지다'의 옛말?

訓讀(훈독)은 音讀(음독)의 뜻을 절묘하게 보완하고 있다.

徒: 무리, 일꾼, 인부(많은 사람이 일하므로 徒자를 차용)

功: 일의 보람(찰흙을 운반하는 공덕 때문에 功자를 차용한 듯)

德: 행위, 은혜(찰흙을 운반하는 공덕 때문에 德자를 차용한 듯)

修: 집터, 길 따위를 다져 만들다. 수리하다.

良: 좋다(良)

修: 良. 던지게 좋게(良) 다져 만들다(修).

叱: 적당한 크기의 흙덩이를 소리가(叱) 나도록 땅에 던져 다진다.

來如: 같은(如) 것이 계속 온다(來). 즉 공사 현장까지 여러 사람들이 흙덩이를 받아 다음 사람에게 던져 주며 운

반하는 행동.

마지막의 '來如'는 '다지어 내라'를 의미한다. 또는 다시 '來如
來如 來如來如'를 시작하라는 뜻일지도 모른다.

〈삼국유사〉에서 다음과 같은 내용을 추정할 수 있다.

찰흙에 짚을 썰어 넣어 발로 이겨 운반하기 좋은 만큼 덩어리
를 만들어 땅에 몇 번 추슬어 일렬로 선 다음 사람에게 던져주며
부른 노래다.

1) 공사장에서 신바람(風)나게 하려고 부른 노래다(謠).

2) 많은 사람이 일렬로 서서 흙을 나르며 부른 노래다.

당시의 노동 현장을 상상해 보자.

우리말에 '신바람'이라는 말이 있다. 〈風謠(풍요)〉에서 '風'은
바로 '신바람'을 말한다. 내용을 보면 役事(역사)를 할 때 부르는
勞動謠(노동요)로 苦(고)된 노동에서 오는 피로를 덜고 호흡도 맞
추면서 일의 능률을 올리기 위한 합창이다. 많은 사람이 일렬로
서서 찰흙 덩어리를 던져 옮기면서 부르는 노래다. 이런 노래는
대부분 1/2 박자이다.

현재도 북한에서는 작업 능률을 극대화하기 위해 노동 현장에
밴드를 동원하고 있다. 그러나 자연히 우러나오는 신바람(風謠)

에 비길 수 있을까?

일연 선사는 향가를 '詩頌之類(시송지류)'라 했다. 頌(송)은 歌頌(가송), 외울(송) 즉 '詩頌(시송)이나 歌頌(가송)과 같다'라고 했다. 따라서 향가도 漢詩(한시)처럼 사언체, 오언체, 육언체, 칠언체 등의 형식에 맞추려고만 하지 말고 자유로운 해석을 할 필요가 있다.

8.
怨歌
원가

信忠(신충)은 실존 인물로 신라 34대 효성왕(承慶,승경), 35대 경
덕왕(憲英, 헌영) 양대에 걸쳐 요직을 맡았으며 鄕歌(향가)〈安民
歌〉의 주인공 36대 혜공왕이 즉위하기 1년 전에 시국의 혼란을
예감하고 왕의 간곡한 만류를 뿌리치고 사임한다. 삼국사기에
도 〈怨歌〉의 창작 배경을 짐작하게 하는 기록이 있다. 33대 성
덕왕은 성정왕후(배소왕후)와의 사이에서 太子(태자)인 重慶(중경)
을 낳는다. 성덕왕 16년에 태자 重慶(중경)이 죽는다. 성덕왕 18
년에 왕실의 세도 정치가 金順元의 딸을 두 번째 왕비로 삼는데
점물왕후(소덕왕후)이다. 두 번째 비에서 둘째 承慶(승경), 셋째
憲英(헌영)을 얻었는데 이 젊은 왕비는 '이성계의 강비'처럼 자기
의 어린 자식을 태자로 만들려는 음모가 있었던 것으로 보인다.
그래서 자기 위치가 위태로운 둘째 왕자 承慶(승경)은 잣나무 아

래서 信忠(신충)과 바둑을 두며 앞으로 자기가 왕이 되면 외척의
세도 정치를 '세리 조지겠다: 뿌리 뽑겠다'며 信忠(신충)에게 도
움을 청한 것 같다. 결국 신충의 도움으로 왕위에 올랐으나 공신
책봉에서 그를 제외시킨다. 이는 아버지(33대)와 두 아들(34, 35
대)까지 사위로 삼은 金順元(김순원) 일파의 견제가 있었을 것으
로 짐작할 수 있다. 효성왕도 외척의 세도 즉, '달무리(月影)'에 갇
혀 개혁을 못하자 이를 怨望(원망)하며 신충이 지은 노래가 바로
〈怨歌(원가)〉이다. 삼국사기에는 즉위 3년 만에 그를 중용한 것
으로 되어 있다.

〈一字一音(1자1음)으로 音讀(음독)하면 바로 우리의 古語(고어)
가 된다.〉

物叱好支　栢史秋察　尸不冬爾　屋支墮米　汝於多支　行齊敎
因隱
물질호지　백사추찰　시불동이　옥복타미　여어다복　행제교
인은
물줄호지　백사주찰　시불종니　오복타몌　녀어다복　해제고
인은
믓둘하디　빼사주자　씨부더니　오복타며　너어다보　해제고

인은

멋들하지 뺏아주자 씨부더니 오붓타며 너어다부 해제기
고는

仰頓隱面矣 改衣賜乎隱 冬矣也 月羅理影 支古理因淵之
앙돈은면의 개의사호은 동의야 월라리영 복고리인연지
안돈은면이 개이시호는 동이야 월라리영 복고리인연지
안돈은면이 개이시오는 또이야 울랄이여 뽑길리맀연지
안돈은면이 개이시오는 또이야 울안이여 뽑힐리있는지

叱行尸浪 阿叱沙矣 以支如支 皃史沙 叱望阿乃
질행시랑 아질사의 이복여복 모사사 질망아내
줄행시랑 아줄사이 이복겨복 모사사 줄망아내
줄햇실랑 앗찔사이 이박겨보 못써서 줄망아네
줄히실랑 앗찔사이 이박겨바 못써서 줄망아네

世理都之 叱逸烏隱 第也 後句亡
세리도지 질일오은 제야 후구망
세리도지 줄일오는 제다 후구망
세리조지 줄이로는 제다 헛거망

향가와 만엽집의 새로운 해석

세리조지 줄이려는 모두 헛거망

訓讀(훈독)은 音讀(음독)을 絶妙(절묘)하게 보완하고 있다.

1) 物叱好支 (멋들하지)

뇌물(物)을 나누어 가지며(支) 좋아서(好) 소리 지르다(叱).
古今(고금)을 막론하고 '권력과 돈'은 공생할 수 밖에 없는
가보다.

2) 栢史秋察 (뺏아 주자 → 빼앗아 주자)

잣나무(栢) 아래서 바둑을 두며 나눈 은밀한 이야기(秘史).
즉, 밀어서(察) 결실(秋)을 맺게 해 달라 (왕위에 오를 수 있도
록 도와 달라)
秋: 결실을 맺다. 가을
察: 밀다, 천거하다, 살피다.

3) 尸不冬爾 (씨부더니)

씨부리다 → 씨버리다 (마음대로 지껄이다)
너이들(爾) 주장(尸)이 얼지(冬) 않다(不). 즉 씨버리다. 말이
많다.

爾: 너(이) 汝

尸: 주장하다. 주검, 시체

4) 屋攴墮米 (오붓타며)

오복하다 → 오북하다 → 오붓하다

집(屋)에 쌀(米)이 톡톡(攴) 떨어지다(墮).

하늘에서 눈처럼 쌀이 떨어지면 얼마나 오붓할까? 가난한
어린 시절 '쌀이 눈처럼 내렸으면' 하고 공상도 해 보았다.

5) 汝於多攴 (너어다부)

여어다복 → 너어다보 → 너어다부

'다부'는 '다시'의 옛말

너이들(汝)이 모두(多) 요직에 말뚝 박다(攴).

6) 行齊敎因隱 (해제고이는 → 해젯끼고는 → 차지해 버리고는)

요직(敎)은 모두 다(齊) 외척들이 이어 받아(因) 행하다(行).

오늘날에도 유능한 인재보다 家臣(가신)들에게 요직을 준다.

齊: 모두, 다, 나누다. 같다. 갖추다.

敎: 지도적 위치(요직). 본받다(效也). 알리다(告也). 가르치다(訓也)

因: 이을(인), 이어 받다.

향가와 만엽집의 새로운 해석

7) 仰頓隱面矣 (안 돈은 면이)

안 돈은 면이 → 안쪽에 솟은 옷감=솔기

(두 천을 꿰맬 때 생기는 부분)

仰: 우러러 보다. 처다보다(擧首望). (옷감이 위로 솟아 있음)

頓: 모아 쌓을 돈(貯也) (재단한 옷감을 이어 붙인 곳)

面: 피부에 닿는 안쪽(內面)

8) 改衣賜乎隱 冬矣也 (개이시오는 또이냐)

개의다 → 개다 → 개기다

눈에 먼지가 들어갔을 때의 감촉. 고친 옷(改衣)이 살갗에 접촉되었을 때의 감촉을 옛말로 '개이다', '개기다'라고 했다.

冬矣也: 또 겨울(冬)이 확실하구나(矣).

9) 月羅理影 (울 안이여 → 울타리 안이어서)

달(月) 주위에 펼쳐진(羅) 그림자(影). 즉 '달무리'에 가두어진 달. 외척에 둘러 싸인 왕의 입장을 암시하고 있다.

10) 支古理因淵之 (볶길리 있는지 → 뽑혀질 수 있을까?)

오랫 동안(古) 이어받아(因) 뿌리가 깊이(淵) 박혀(支) 있다.

11) 叱行尸浪 (줄햇실랑 → 줄히실랑 → 줄이실라면)

주장(尸)대로 실행(行=罷免)하면 시끄럽고(叱) 풍파(浪)가 인다.

浪: 물결이 일다. 풍파가 있다. 물결, 파도.

12) 阿叱沙矣 (아줄사이 → 앗찔사이 → 전격적으로)

소리가(叱) 언덕(阿)에 막혀 작게(沙) 나다.

즉 소리없이, 순간적으로.

13) 以支如支 (이복겨보 → 일밖겨 봐 → (거사를) 일으켜 보라)

치고(支) 또(如) 치므(支)로써(以)

14) 皃史沙 叱望阿乃 (못써서 줄망아내)

못 써서 줄망아네

얼굴(皃) 기록(史)이 적다(沙). 殺生簿(살생부)가 없다?

언덕(阿)에 막혀 희망(望)이 없다(乃)?

15) 世理都之 (세리조지)

지금도 '세리다'는 '매질하다', '조지다'는 '호되게 매질하다'의 뜻이고 합성어 '쎄리조지'는 '아주 극심한 매질'을 의미한다.

향가와 만엽집의 새로운 해석

(예) 문민정부는 전직 대통령까지 '쎄리조지'었다.

개혁하여 세상(世) 이치(理)에 맞는 도성(都城)으로 만들어 가겠다(之). 첫 소절의 '뇌물(物)을 좋아하는(好)' 정부가 아닌 깨끗한 정부를 만들겠다.

16) 叱逸烏隱 第也 後句亡 (줄이려는 제다 헛구망)

주리려는 계획은 모두 헛것이 되었구나!

나쁜 사람(烏 = 까마귀)을 도망가게(逸) 하겠다고 큰소리치더니(叱).

17) 第也 後句亡 (제다 헛거망 → 모두 헛것이구나)

第: 차례대로 大計切(대계절, 데)

지금까지 '後句亡'을 '뒷 句는(구) 잃어버렸다'라고 책마다 번역하고 있다.

9.
兜率歌도솔가 - 月明師월명사

今日此矣散花　唱良巴寶白乎隱　花良汝隱直等隱
금일차의산화　창량파보백호은　화량여은직등은
금일치의산화　창량파보백호는　화랑여는직들은
그밀지이싸아　창알파보빼고는　활랑여는직들은
그늘찌이싸아　창알파보빼고는　활랑여는짓들은

心音矣命　叱使以惡只彌　勒座主陪　立羅良
심음의명　질사이악지미　늑좌주배　립라량
심음이명　줄사이악지미　늑차주바　입라랑
쉬음이명　줄사이아지미　늑차주바　이라랑
쉬음이명　줄사이아지미　늑차주바　일라라

　　　　향가와 만엽집의 새로운 해석

1) 今日此矣散花 (그늘 지이 싸아)

   訓讀(훈독)

   그늘(今日)이 지면 이어서(此) 꽃잎(花)이 떨어지는(散) 것은
   분명하다(矣). 이것은 왕위 계승에 먹구름(그늘)이 끼고 있
   음을 암시한다. 해(日)가 있으면 바로(今) '그늘이 있다'를
   암시한다.

   '그늘 찌다', '그늘 끼다'는 '그늘 지다'의 옛말이다.

   此(차): 淺氏切(천씨절, 치)

2) 唱良巴寶白乎隱 (챙알 빠 뽑았고는 → 챙알 빼고 뽑았고는)

   音讀(음독)

   唱良: 창랑 → 창알 → 챙알 → 천막

   巴寶白乎隱: 파보백오는 → 빠 보박고는 → 빠 뽑았고는

   빠라 → 빼라(무 한 짐 '빠'온나, 여기서 '빠'는 '뽑다'의 의미)

   '챙알': 6.25전후 구식 결혼식 때 마당에 '챙알 쳐라'에서 '챙
      알'은 지금의 '천막'을 의미한다.

   訓讀(훈독)

   巴(파): (邦加切 → 바)

   唱良: 창알(천막)을 쳐서 그늘지게 하면 창(唱) 부르기에 좋

다(良)

巴寶: 땅(巴) 속의 보배(寶)를 파다. 즉 '땅을 판다'를 암시
　　한다.

白乎: 뽑아보니 땅 속의 뿌리는 '희다(白)'를 암시한다.

巴寶白乎: (챙알을) 파서 뽑았고

3) 花良汝隱直等隱 (활랑 여는 짓들은)

音讀(음독)

花良汝隱: 화량여는 → 활량여는 → 활짝 여는

直等隱: 직등은 → 직들은 → 짓들은 → 행동은

訓讀(훈독)

꽃(花)이 좋아지다(良). 즉 '꽃이 활짝 피다'를 암시한다.

너희(汝)는 사심 없이(直) 평등하게(等) 하지 않고 숨긴다(隱).

4) 心音矣命 (쉬면 → 중지하면)

생명(命)은 심장(心) 소리(音)로 확인한다(矣). 즉, 사람 죽이
는 짓을 중지하라.

5) 叱使以惡只彌 (줄사 이어지며)

'줄'이나 '끈'은 대를 잇는 남자를 의미한다. '끈을 못 붙이다'는 '아직 (아들을) 결혼시키지 못했다'를 뜻한다.

6) 勒座主陪 (늑차주바 → 늦추어 바라)

訓讀(훈독)

졸라 맨(勒) 자리(座)를 풀어 주인(主)을 따르게 해보라(陪)

勒(륵): 졸라 매다, 묶다, 다스리다, 굴레(륵)

座(좌): 지위(位也), 자리(坐也)

陪(배): 따를(隨也), 도울(助也), 모실(배)

7) 立羅良 (일라라 → 일어나라)

訓讀(훈독)

잘(良) 세워서(立) 펴라(羅)

그늘진다고 창알(천막)을 뽑고 활랑 여는 짓들을 쉬어도 줄은 이어지니(왕위는 이어지니), 줄을 늦춰 주어 봐라. 일어날 수 있는가?

그러나 8세의 어린 나이로 36대 혜공왕이 되었으나 35대 경덕왕이 생전에 염려했던 대로 16년간 섭정했던 어머니와 함께 피살되어 17대 나물왕의 10대손이 自爲王(쿠데타)하여 37대 선덕왕이 된다.

경덕왕 17년 7월 23일 왕자 탄생. 8세에 혜공왕이 되나 24세에 피살

경덕왕 19년 4월 二日竝現(이일병현)(두 해가 나란히 나타났다)

경덕왕 20년 春正月朔　虹貫日　日有珥　夏四月　彗星出(춘정월 초하룻날 무지개가 태양을 관통하고 햇무리가 보임. 혜성이 나타남)

경덕왕 22년 信忠 (〈怨歌(원가)〉 作家) 사임

경덕왕 24년 3월 3일 〈安民歌(안민가)〉 지음

경덕왕 24년 6월 별세

경덕왕 19년과 24년 3월 3일 건은 〈삼국유사〉에서, 나머지는 〈삼국사기〉에서 얻은 자료이다.

사기와 유사에서 두 해가 동시에 출현, 무지개가 해를 관통하다 등, 비과학적이고 비논리적인 기술은 직필로 기술할 수 없는 사건을 은유나 비유법을 이용하여 우회적으로 표현한 것으로 보아야 한다.

그늘진다고 천막을 파서 활짝여는 짓들을 중지하면 대권은 이어지니 줄을 늦차 주바라 일라는가?

여자 같이 행동하여 〈안민가〉의 주인공이 된 말썽 많은 자기의 어린 세자에게 왕위를 계승시키기 위해 경덕왕은 방해가 되는 인물들을 제거한다.

결국 경덕왕이 염려했던 대로 혜공왕과 대비는 피살되고 17대 나물왕의 10대손이 自爲王(쿠데타)하여 37대 선덕왕이 된다.

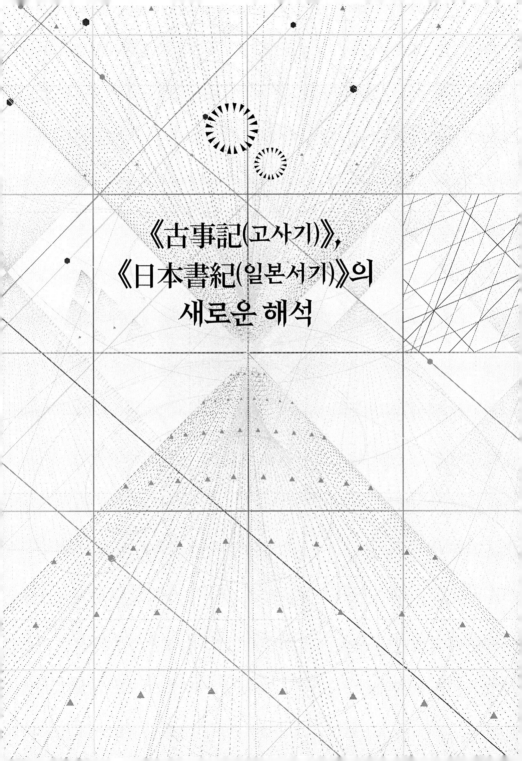

《古事記(고사기)》,
《日本書紀(일본서기)》의
새로운 해석

박물관에는 우리 선조들이 사용했던 돌도끼 하나에도 많은 의미를 부여하여 잘 보관하고 있지만 그들이 사용했던 언어는 時空(시공)을 초월하지 못하여 허공에 사라져 버린 것으로 믿어 왔다. 그러나 놀랍게도 우리 선조들은 일상생활에서 일어났던 잡다한 이야기를 鄕歌(향가), 《萬葉集(만엽집)》 등에 한자의 음을 차용하여 한문에 오염되지 않은 순수한 우리말을 기록해 두었다. 우리글이 없어도 우리말을 기록으로 남겨 두려는 고대인의 노력에 감탄하지 않을 수 없다. 그러나 안타깝게 오늘날까지 우리 후손들은 그들이 남긴 생활 기록인 이두문을 자타가 공감할 수 있는 해석에 이르지 못하고 있는 실정이다.

기존의 해석은 관련 설화, 차용 한자, 제목 등과 거의 무관하였다. 그래서 필자는 다음 6가지 만으로 아주 단순하게 접근해 보기로 했다. 다만 뇌리에서 거의 사라져 가는 옛말을 얼마나 기억해 내느냐가 문제였다.

1. 우리말 음절에 맞춰 原文(원문)을 漢詩(한시) 형식으로 재구성
2. 관련 설화를 현실적으로 해석(신화적 요소 배제)
3. 옛말(사투리) 발굴
4. 반드시 一字一音(1자1음)으로 音讀(음독)
5. 차용 한자의 정밀 분석(訓借)
6. 反切音(반절음)이 있는 漢韓사전(音借)

反切音(반절음)이란 기원 전후에 만들어진 한자의 발음 기호다. 알고 있는 두 글자를 이용하여 첫 글자의 초성만 취하고 다음 글자의 중성과 종성을 취하여 새로운 한 글자를 발음한다. 즉 反切音(반절음) 표기는 첫 글자의 초성과 두번 째 글자의 중성과 종성을 합하여 발음하라는 것으로 생각된다.

(예) 學(학): 轄覺切(할각절, 학), 天(천): 他年切(타년절, 텬)

우리글이 없었을 때 'ㅎ, ㅏ, ㄱ'에 대한 우리말 기호가 얼마나 간절했을까? 그래서 성삼문과 신숙주는 세종의 명을 받고 明(명) 나라 音韻學者(음운학자) 黃瓚(황찬)을 13번이나 찾아가 音韻學(음운학)을 연구하였고, 1446년 9월 29일에 훈민정음을 반포

했다. 중국의 음운학은 반절음에 기초를 두고 있지만 반절음대로 발음할 수 있는 민족은 우리 민족뿐이다. 따라서 한자도 문자 창제 능력이 우수한 韓民族(한민족)의 글자라고 주장하는 학자도 있다.

김성호씨의《비류백제와 일본의 국가기원》에서 일본의 뿌리를 각종 기록을 통해서 밝혔지만, 필자는 역사학이나 국어학에 문외한이어서 오직 사투리 하나만으로《일본 서기》의 시가나《만엽집》을 해석하여 言語(말)로써 그들의 뿌리를 찾아보았다.

AD396년 광개토대왕에게 멸망한 비류계의 마지막 왕은 倭(왜)로 망명하여 약 300년 동안 切齒腐心(절치부심)하며 捲土重來(권토중래)를 꿈꾸어 오다가 660년 형제국인 온조백제 마저 멸망하자 조상의 성묘를 걱정하며 667년 國名(국명)을 倭(왜)에서 日本(일본)으로 고치고 한반도로부터 완전히 독립한다. 여기서부터 그들의 과거 뿌리는 자르고 가공의 뿌리를 만들어《고사기(AD712)》와《일본서기(AD720)》에 기록했다. 또한《신황정통기》에 삼한과 同種(동종)이라는 모든 책을 燒却放棄(소각방기)했다고 했으나 역사는 인위적으로 말살되지 않는다. 따라서 필자는 그들이 남긴 시가나《만엽집》에서 신라 향가와 언어학적인 동질성을 찾아보기로 하였다.

먼저 《日本書紀(일본서기)》의 和歌(화가)나 日本(일본) 最古(최고)의 詩歌集(萬葉集)이 고대 한국어(현재는 남부지방 사투리로 汚名(오명)을 쓰고 있지만, 실은 우리의 古語(고어)로 쓰였다는 것은 다 아는 사실이다. 한편, 현대 우리 언어 기준으로 본다면 吏讀式(이두식) 표현에는 받침이 생략된 것을 많이 보게 되는데 이런 吏頭文(이두문)을 계속 사용한 고대 渡海者(도해자)들은 고대 한국어 → 이두문 → 현대 일본어로 變遷(변천)되면서 모음이 적은 소위 '일본어의 비극'을 만들고 말았던 것이다.

日本人(일본인)들은 古代(고대) 韓國(한국)으로부터 文化(문화)를 전수 받았지만, 그들의 뿌리는 '韓國(한국)이 아니다.'라고 우긴다. 또한 詩歌(시가)나 《萬葉集(만엽집)》이 新羅(신라) 鄕歌(향가)처럼 吏讀(이두)로 쓰인 古代(고대) 韓國語(한국어)인데도 이를 現代(현대) 日本語(일본어)로 해석하여, 說話(설화)나 借用漢字(차용한자)와는 전연 관계가 없는 새로운 敍事詩(서사시) 한 편을 창작하고는 이를 定說(정설)로 보고 人口(인구)에 膾炙(회자)하고 있다. 우리의 신라 향가 해석처럼.

다음은 《고사기》와 《일본서기》에 나오는 첫 詩歌(시가)이다. 일본학자들은 자기 나름대로 억지로 해석하면서도 해석이 되지 않을 때는 이를 '枕詞(침사)'라 칭하고 해석을 포기해 버렸다. 현재까지의 그들의 해석을 필자의 좁은 식견으로 볼 때는 하나의 창작이지 해석이라고 볼 수 없다.

《日本書紀(일본서기)》卷一(권1) 神代上(신대 상) 마지막에 素盞嗚尊(소잔오존: 스사노오 미코토)과 奇稻田姬(기도전희: 쿠시이나다히메)가 결혼할 宮(궁)터 자리를 찾아 다니다가 素盞嗚尊(소잔오존)이 숲이 우거져 그늘진(夜) 未開發地(미개발지)에서 明堂(명당)자리를 발견하고 이곳을 탐내어(昧) 奇稻田姬(기도전희)에게 자기가 서 있는 곳에 '못 오면 伊豆毛(이두모)에 宮(궁)을 짓고 옆에 와주면 이곳에 宮(궁)을 짓겠다.'라고 마음을 먹었더니 '스스로 옆에 와 주었다.'라는 내용으로 요즘 말로 바꾸면 '텔레파시'를 보냈다는 뜻으로 보인다.

《古事記(고사기)》것을 《日本書紀(일본서기)》에 옮겨 적는 과정에서 내용이 비슷하고 어투가 다소 매끄럽게 고쳐졌으나 漢字(한자) 借用(차용) 수준은 우리 향가에 훨씬 못 미친다. 《古事記(고사기)》것은 도읍(都)을 강조한 나머지 毛多都, 賀岐都처럼 都(도) 다음 지명에 都邑(도읍)을 정한다는 것을 강조한 나머지 '도, 도'처럼 동격으로 표현되어 어감이 부드럽지 못하다. 《日本書紀(일본서기)》에서는 언어의 흐름을 자연스럽게 수정했으며 여자의 행동도 경망스럽게 옷깃을 날리며 뛰어오는 것(袁)이 아니라 부끄러워 옷고름을 물고 뒤돌아 서 있다가 돌아서(廻) 오는 것으로 점잖게 수정한 것이다.

다음은 《日本書紀(일본서기)》에 최초로 나오는 和歌(화가)이다. 지금까지 난해하다고 한 것은 현장검증은 하지 않고 한자의 訓 (훈)에 현혹되어 풀 수 없는 암호문처럼 보였던 게 아닌가 생각 된다.

고사기 원문

夜久毛多都　伊豆毛夜幣賀岐　都麻碁微爾　夜幣賀岐都久流
曾能夜幣賀岐袁

일본서기 원문

夜句茂多兔　伊弩毛夜覇餓岐　兔磨語昧爾　夜覇餓枳都倶盧
贈廼夜覇餓岐廻

필자의 재구성

夜句毛多兔　伊弩毛　夜覇餓岐兔　磨語昧爾　夜覇餓枳都倶盧
贈廼夜覇餓岐廻

같은 내용이나 《일본서기》의 것이 좀 더 세련되어 우리말 음 운에 가깝다. 방점을 찍은 20자를 수정했다. 이것이 이두문의 발전 과정을 엿볼 수 있는 귀중한 자료가 된다.

I. 《古事記(고사기)》(AD712)

필자는 우리말 음절에 맞추어 아래와 같이 재구성해 보았다.

夜久 毛多都 伊豆毛　　　(여기 못 와도 이두모)

夜幣 賀岐都 麻碁微爾　　(옆에 와지도 마음이니)

夜幣 賀岐都 久流 曾能　(옆에 와지도 구려 이내)

夜幣 賀岐袁　　　　　　　(옆에 왔지원)

〈一字一音(1자1음)으로 음독하면 순수한 우리 옛말이 된다.〉

(五言切句(5언절구)를 기본으로 하고 있다.)

夜久毛多都 伊豆毛　　　夜幣賀岐都 麻碁微爾

야구모다도 이두모　　　야폐하지도 마기미니 (현재음)

야구모다도 이두모　　　야폐하지도 마기미니 (반절음)

여기붙아도 이두모　　　여폐와지도 마김이니 (옛말?)

여기못와도 이두모　　　옆에와지도 마음이니 (옛말?)

夜幣賀岐都 久流　　　曾能 夜幣賀岐袁

야폐하지도 구류　　　증내 야폐하지원 (현재음)

야폐와지도 구려　　증내 야폐와지원 (반절음)

여폐와지더 구려　　지내 여폐왔지예 (옛말?)

옆에와지더 구려　　이내 옆에왔지예 (옛말?)

먼저 절묘한 자구 선택을 봅니다.

　夜: 숲과 나무가 많아 약간 어두운 환경을 나타낸 듯.

　都: 도읍지를 강조(都자 다음 지명에)

　夜久毛多都: 미개발지라 여기 숲이 많아 못 와도

　伊豆毛: 이두매, 이담에?

　幣: 비단, 예물, 돈(폐)

　賀: 명당자리를 찾은데 대한 祝賀(축하)

　岐: 章移切(지), 갈림기르 날아가는 모양

　賀岐: 하지(와지): 축하 드리려 날듯이 달려가는 모습

　麻碁微爾: 매기미니, 매기다(결정하다)

　曾: 곧 (증)

　能: 능, 내, 웅으로도 발음

　曾能: 증내(곧장, 금방, 즉시의 고어?)

　袁: 옷깃 날릴(원).

　　기뻐서 옷깃을 날리며 달려가는 모습을 상상해 보자.

훈독은 음독을 절묘하게 보완하고 있다.

각론은 일본서기의 내용과 거의 같으므로 여기서는 생략한다.
'도읍지(都) 결정을 축하(賀)한다.'를 강조하다 보니, 賀, 都를
세 번씩이나 사용했으며 미결정(기로: 岐路)을 뜻하는 岐(기)자도
고사기는 세 번씩이나 사용했으나 두 번째 岐(기)자는 이미 도읍
을 결정했기 때문에《日本書紀(일본서기)》는 같은 음의 枳(지)자
로 수정했다. 章利切(지)

일본 학자들의 해석을 보자.
순수한 우리말을 현대 일본어로 해석하다 보니 차용 한자와는
전연 관계가 없는 새로운 창작 작품을 발표하고 있다.

'뭉게뭉게 피어오르는 이즈모의 구름이 여러 겹으로 된 담처
럼 쳐 있구나. 사랑하는 아내를 머물게 하기 위해 여러 겹의 울
타리를 만드는 것이니라! 훌륭한 울타리여!'

《古事記(고사기)》魯成煥(노성환) 譯註(역주))

'구름이 뭉게뭉게 피어오르고 있다. 出雲(출운)의 八重垣(팔중
원) 이여. 처를 감싸주는 八重垣(팔중원)을 만들다. 그 八重垣(팔

중원)이여." (垣: 울타리 원).

다음은《日本書紀(일본서기)》에서 이 詩歌(시가)의 배경을 요약
한 것이다.

고사기의 배경 설명은 서기와 다르나 이두문 내용은 거의 같다.

素盞嗚尊(소잔오존: 스사노오 미코토)은 그들의 기록으로 볼 때
실질적인 일본의 시조다. 두 사람이 결혼할 宮地(궁지)를 찾아
헤매다 素盞嗚尊(소잔오존)이 숲이 우거지고 전망이 좋은 명당
자리를 발견하고 좀 떨어져서 뒤돌아 서 있는 奇稻田姬(기도전
희)에게 텔레파시로 '여기 못 오면 이 넘어'에 宮(궁)을 짓고, '옆
에 와지면' 이곳에 宮(궁)을 짓겠다고 '마음 먹었더니', '옆에 와지
더구려' '곧장 옆에 왔지예.' 그래서 그 자리에 궁궐을 지었다고
일본서기는 기록했다. (彼處建宮)

II.《日本書紀(일본서기)》(AD720)

夜久 茂多兔 伊弩毛   (여기 못 오면 이 넘어)
夜覇 餓岐兔 磨語昧爾   (옆에 와지면 마음이니)
夜覇 餓枳都 俱盧 贈廼 (옆에 와지도 구려 이내)

夜覇 餓岐廻   (옆에 왔지예)

〈一字一音(1자1음)으로 음독하면 순수한 우리 옛말이 된다.〉

夜句茂多兎 伊弩毛   夜覇餓岐兎 磨語昧爾

야구무다면 이노모 야패아지면 마어매이 (현재음)

야구무다면 이노모 야패아지면 마어매이 (반절음)

여구몰아면 이너머 여패와지면 마엄이니 (옛말?)

여기못오면 이넘어 옆에와지면 마음이니 (옛말?)

夜覇餓枳都 俱盧 贈廼 夜覇餓岐廻

야패아지도 구려 증내 야패아지회 (현재음)

야패아지도 구려 증내 야패아지회 (반절음)

여패와지도 구려 증내 여패와지회 (옛말?)

옆에와지도 구려 곧장 옆에왔지예 (옛말?)

절묘한 자구 선택을 보자.

　句: 꺼리길(싫다), 지명(구)

　茂: 숲우거질(무)

　夜句茂多兎: 여기가 거리끼고(싫고), 숲이 우거져 '못 온다면'

伊弩毛(建宮): 이노(너)모(伊豆毛), 建宮 두 자를 생략

覇: 으뜸(패), 覇王(패왕) 옆에 오라는 의미

餓: 굶주릴(아), 모이를 주면 달려오는 닭을 상상해 보라

夜覇餓岐兔: 兔자 다음에 '此處建宮'

磨語: 마음

枳: 지명(지) 이 地名에 都邑(도읍)

昧: 탐내다(매)

磨語昧爾: 마음을 매다(결정), 마음 속으로 탐내다

盧: 려, 료, 노 (音)

贈: 주다, 수여하다 (餓자 때문에 贈자로 고친 듯)

迺: 곧(내)

贈迺: 증내 (곧장, 금방, 바로의 고어?)

廻: 돌다, 돌(회)

현장 검증을 해 보자.

두 사람이 결혼할 宮(궁)터 자리를 찾아 헤매다 素盞嗚尊(소잔
오존)이 숲이 우거지고 전망이 좋은 명당자리를 발견하고 좀 떨
어져서, 부끄러워 옷고름 물고 뒤돌아서 있는 奇稲田姫(기도전
희)에게 텔레파시로 '여기 못 오면 伊弩毛(이노모)에 宮(궁)을 짓
고, 옆에 와지면 이곳에 宮(궁)을 짓겠다고 마음속으로 탐내었

더니(昧), 결정하였더니 옆에 와지더라! 바로 옆에 왔지! 뒤돌아
서!'

훈독은 음독을 절묘하게 보완하고 있다.

1) 夜句茂多兔(여기 못 오면)

어둡고(夜) 거리끼고(句) 숲(茂)이 많아(多) 피해서(兔) 올 수
없다면. 즉, 타의든 자의든 "여기 못 오면"

句(구): 꺼리길(싫다), 지명 (구)

茂(무): 숲 우거질 (무)

兔(면): 벗다(脫皮). 피하다(避也). 면하다.

2) 伊弩毛(이 넘어) (이 넘어 궁궐을 짓겠다.)

사람(伊)이 활(弩)을 쏘아 가는(毛) 곳. (포물선)

《古事記(고사기)》의 '豆(두)'자가 여기서 '弩(노)'자로 바뀐 것
은 '弓(궁)'자를 활용하기 위한 것이다. 화살이 포물선을 그
리며 떨어지는 것을 암시하고 지나왔던 '산 고개' 즉 '이 넘
어'를 암시한다.

弩(노): 쇠뇌 (노). 有臂機射(화상을 쏘는 기계적 장치)

毛(모): 퇴할 모(去也). 양 모(羊也). 풀 모(草也).

3) 夜覇餓岐兔(옆에 와지면, 옆에 와 주었으면)

　　밤(夜)마다 패왕(覇)에 굶주린(餓) 갈등(岐)을 벗어라(兔). 즉
　　'옆에 와 주면 여기서 결혼해 살 수 있다'를 암시한다.

　　覇(패): 으뜸 (패) → 覇王(패왕) 옆에 오라는 의미(밤에도)

　　餓(아): 굶주릴 (아) → 모이를 주면 달려오는 닭을 상상해
　　　　　 보자.

　　賀(하): 고사기에서는 '도읍(都)을 축하하러 오라'는 뜻을
　　　　　 암시.

　　岐(기): 반절음은 章移절(지). '갈까 말까'의 갈림길.

　　兔(면): 벗다(脫也). 피하다(避也). 면하다.

4) 磨語昧爾(마음이니, 내 뜻이니)

　　너(爾)를 탐내어(昧) 말(語)을 다듬다(磨).

　　磨語(마어): 말(語)을 다듬는(磨) 곳. 즉 '마음'

　　昧爾(매이): 너를 탐내다.

　　昧(매): 탐내다. 바라다.

　　爾(이): 너(이). 그녀(이). 상대방을 부르는 말.

5) 夜覇餓枳都 俱盧 (옆에 와지더 구려)

　　(그녀는) 밤(夜)마다 패왕(覇)에 굶주려(餓) 도성(都)이 될 땅

(枳)에서 함께(俱) 살려고(盧) 옆에 왔다.

枳都(지도): 도성(都)이 될 땅(枳)

俱盧(구려): 함께(俱) 살다(盧)

枳(지): 地名(지). (枳: 都城(도성)으로 결정된 땅. 岐(기): 결정이

　　　　안된 땅)

俱(구): 모두. 함께. 같다. 동일하다.

盧(려. 로): 집. 오두막. 살다. 凌如切(려). 龍都切(로)

6) 贈迺 夜覇餓岐廻(곧장 옆에 왔지예)

밤(夜)마다 패왕(覇)에 굶주린(餓) 갈등(岐)을 돌리려고(廻)

곧장(迺) 몸을 보냈다(贈)

　고사기 袁(원): '옷깃을 날리며 (경망스럽게) 달려오다'에서

　일본서기 廻(회): '(부끄러워 딴 곳을 보고 있다가) 몸을 돌려

　　　　　　　　오다'로 고침.

廻(회): 돌다.`돌(회)

贈(증): 보내다. 내 몰다, 선물을 주다.

고사기 曾(증): 이내. 곧장. 일찍

迺(내): 이에. 곧. 너. 비로소.

迺(내): 迺(내)의 속자(俗字)

贈迺(증내 → 지내): '곧장. 금방. 바로. 이내'의 古語?

《日本書紀(일본서기)》의 神代期(신대기) 기록들은 一書(1서), 二書(2서) 등 비슷한 내용을 열거하여 독자로 하여금 혼란스럽게 만들고 있다. 이는 그들의 뿌리를 숨기기 위해 가공으로 만든 것이기 때문일 것이다. 그러나 역사는 인위적으로 말살할 수 없다. 필자는 그들이 남긴 詩歌(시가)의 노랫말이 우리의 옛말임을 확인할 수 있었다. 일본의 始祖(시조)라 할 수 있는 素盞嗚尊(소잔오존)이 奇稲田姫(기도전희)와 같이 결혼해서 나라를 세울 宮(궁)터를 물색하던 중 명당 자리를 발견하고 조금 떨어져 딴 곳을 보고 있는 그녀에게 以心傳心(이심전심)을 전하는 내용이다. 똑같은 내용이지만 《古事記(고사기)》(AD712)보다 일본서기(AD720) 것이 많이 세련되어 있음을 볼 수 있다. 언어의 비약이 심하여 현장 검증 없이 문자만으로 풀 수 없다. 약 1,200년 전의 현장에 가보자.

素盞嗚尊(소잔오존)의 독백이다.
'여기 못 오면 이 넘어(에 宮을 짓고)'
'옆에 와지더 구려(이심전심으로)'
'증내 옆에 왔지예'

《神皇正統記(신황정통기)》에 일본은 桓武衛代(환무위대)에 三韓

(삼한)과 同種(동종)이라는 彼書(피서)를 燒却放棄(소각방기)했다고 기록했지만 史記(사기)에서는 '말'을 기록한 吏讀文(이두문)인줄 몰랐기 때문에 그들의 古代史(고대사)에서 1,200년 동안 잠자고 있었다. 그러나 지금까지 누구도 깨울 수 없었던 것은 우리말 사전에서조차 사라진 우리의 옛말(사투리)로 쓰였기 때문이다.

필자의 지나친 감상일까? 아니면 우리의 분파임이 분명하다.

일본 고전의 詩歌(시가)를 이해하는 데 있어서의 몇 가지 기준

1) 반드시 우리나라 남부지방 사투리로 읽어 볼 것
2) 받침이 많이 생략
3) 현대어 기준에 집착하지 말 것
4) 반드시 이두식으로 읽을 것(음만으로)
5) 音(음)으로 풀이되고 訓(훈)으로는 또 다른 재미있는 내용이!
6) 노래가 불리게 된 육하원칙을 철저히 이해할 것
7) 音(음)은 약간 틀려도 訓(훈)이 내용에 적합한 字句(자구)를 사용
8) 간혹 애매한 字(자)는 反切音(반절음)으로 확인해볼 것

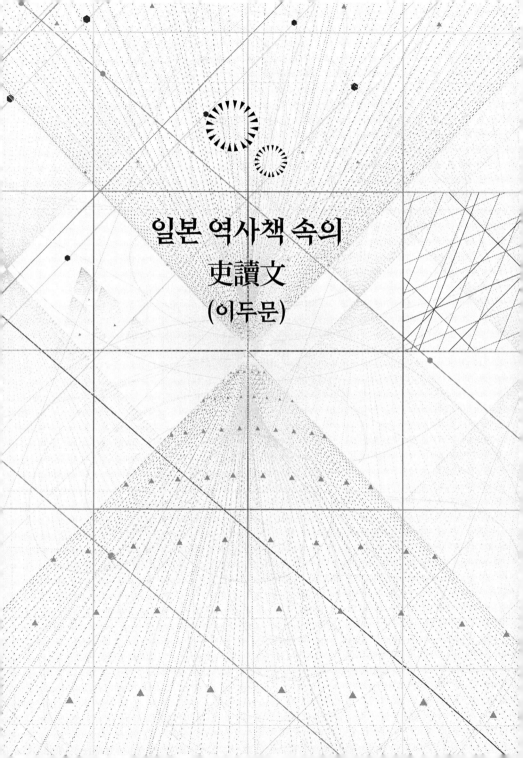

일본 역사책 속의
吏讀文
(이두문)

1.
《日本書紀일본서기》神代下신대하
제9단 天孫降臨천손강림의 내용

역사학은 해석의 학문이라 한다.

　일본의 고대 문화를 이해하려면 일본 최고의 문헌인《古事記(고사기)》(AD712)와 8년 뒤에 나온《日本書紀(일본사기)》(AD720)를 보아야 한다. 전자는 천황에 의한 소규모 편찬이었고 후자는 국가적 편찬 사업이었다. 필자가 일본 역사에 관심을 둔 것은 그들의 뿌리를 언어학적으로 증명해 보려는 집념 때문이었다.

　인간은 말을 기록으로 남겨 두려는 본능이 있다.

　신라 鄕歌(향가)처럼 그들의 史書(사서)에는 지금까지도 正解(정해)가 없는 詩歌(시가) 190여 수와《만엽집》4,516수가 남아 있다. 다행스럽게도《고사기》의 것을《일본서기》에 옮겨 적으면서 내용은 같은데도 한자를 절묘하게 차용하여 수정했기 때문에 吏讀文(이두문)의 발전 과정을 엿볼 수 있는 귀중한 정보를 제공한다.

필자는 아래의 6가지 조건만으로 古代(고대) 吏讀文(이두문)을 해석해 보았다.

1) 우리말 음절에 맞추어 原文(원문)을 漢詩(한시) 형식으로 재구성

2) 原文(원문)은 철저하게 一字一音(1자1음)으로 音讀(음독)

3) 제목과 관련 설화를 현실적으로 해석(신화 배제).

4) 국어사전에 오르지 못한 옛말(사투리) 발굴

5) 차용 한자의 정밀 분석(訓借(훈차))

6) 反切音(반절음)이 있는 漢韓辭典(한한사전)(音借(음차))

다음은《日本書紀(일본서기)》卷(권) 第二(제2) 神代下(신대하) 天孫降臨(천손강림)에 있는 이야기이다. 일본의 역사책《古事記(고사기)》(AD712)와《日本書紀(일본서기)》(AD720)에 나오는 詩歌(시가)는 吏讀文(이두문)의 발전 과정을 엿볼 수 있는 귀중한 자료이다.

이 詩歌(시가)는 우리의 옛말로 쓰였을 뿐만 아니라 내용은 거의 같으나《古事記(고사기)》의 것은 한자의 音借(음차)에 급급하였고,《日本書紀(일본서기)》의 것은 신라 鄕歌(향가)에는 못 미치

지만 音(음)과 訓(훈)까지 절묘하게 차용하여 사건 내용을 이해하는데 많은 도움을 주고 있다. 우리 鄕歌(향가)나 일본 詩歌(시가)는 아름다운 서정시가 아니라 일상생활 주변에서 일어난 잡다한 사건을 漢字(한자)의 音(음)을 차용하여 우리말로 기록한 것이다.

《古事記(고사기)》에서는 夷辰(이진), 《日本書紀(일본서기)》에서는 夷曲(이곡)이라는 詩歌(시가)의 설화를 요약한 것이다.

夷辰: 기쁨을 떨치다.

夷曲: 기쁜 노래, 기쁜 마을

夷: 기쁘다(悅也). 辰: 떨치다. 曲: 노래, 가사, 마을, 동네.

1) 초상집에서 일어난 일

2) 시신을 천상으로 옮겼다. ('시신 없이 초상을 치르다'를 암시한다)

3) 죽은 자와 문상온 자가 너무나 닮았다. (九死一生(구사일생)으로 살아왔다)

4) 빈소를 파괴했다. ('빈소의 주인공이 살아 왔다'를 암시한다)

5) 팔일 밤낮으로 노래와 춤추며 놀았다. (八日八夜 以遊也:《古事記》)

   (죽은 줄 알았던 동생이 살아서 돌아오자 8일 밤낮으로 동네 잔치를

벌린다)

《古事記(고사기)》나 日本書紀(일본서기)》의 내용에서 신화적 요
소를 현실적으로 해석해 보면 홍수 등으로 실종하여 시신 없이
초상을 치르다가 九死一生(구사일생)으로 외동(?) 아들이 살아서
돌아오자 누나가 이를 먼저 보고 '오매나, 이게 누구야?'를 반복
하고 얼굴을 만지며 호들갑을 떨고는 '빈소의 오염된 음식을 모
두 내 오고 (빈소를) 치워라.' (배고프겠다) '새로 한 상 차려서 먹
여라.' (지금도 누가 문상 오면 새 상을 낸다) '밥을 국에 말아 안아 들
고 퍼 먹더니' (이를 본 누나가 더 먹으라고 권하자 많이 먹었다고 거절한
듯) '보태어 달라가 숭이니' (그것 먹고) '속이 다 차겠니?' 음식을
더 권하는 우리의 전통 음식 문화를 볼 수 있다.

《夷辰(이진), 夷曲(이곡)에서 현재는 거의 사라진 옛말(사투리)
모음》

누야 → 누구냐
얼등 → 얼른 → 얼런 → 퍼떡 → 어서 → 빨리
내파 → 내빠 → 내삐 → 내버려라.
애바라 → 애빠라 → 애삐라(버려라)

미다 → 먹이다   미나 → 먹이나   민나 → 먹였나

미소 → 먹이소   미라 → 먹이라

마루다 → 말우다 → 말아다 → 말다 → (밥을 국에) 말다.

수아니 → 숭아니 → 숭이니 → 숭하니 → 흉하니 → 흉이니

지기 → 지끼 → 지꺼 → 지 것 → 자기 것

소기 → 속이 → 무 속이 썩었다.

가비다, 개비다, 가피다, 개피다 → 고이다 → (음식이 위에) 고이다

　일본의 초기 역사는 그들의 뿌리를 감추기 위해 허황된 신화를 조작하여 독자를 혼란에 빠지게 한다. 그러나 역사는 허위로도 기록할 수 있었겠지만 약 1,200년 전에 기록하여 지금은 거의 화석화된 그들의 이두문이 우리의 옛말(古語=사투리)로 쓰였음을 그들은 알지 못했던 것이다.

　지금은 '사투리'라는 오명으로 우리말 사전에서조차 사라진 위와 같은 옛말들을 기억해 낼 수 없다면 향가, 만엽집 등 우리의 고대 언어의 보고인 이두문은 영원히 풀 수 없는 심연으로 빠지고 말 것이다.

〈一字一音으로 음독하면 순수한 우리 옛말이 된다.〉

阿米那流夜　淤登多那婆　多能宇那賀《古事記》

아매나류야　어등다내파　다능우내하

阿妹奈屢夜　乙登多奈婆　多酒汚奈餓《日本書紀》

아매내루야　을등다내파　다내오내아

아매내누야　을등다내파　다내오내아

아매나누냐　얼등다내바　다내오내라

오매나 누구냐 얼른다내빠　다내오너라

世流多麻能　美須　麻流美須《古事記》

세류다마능　미수

勢屢多磨洒　彌素　　　　　　《日本書紀》

세루다마내　미소　마류미수

새루다마내　미소　마루미수

새로담아내　미소　말우미수

새로담아내　먹이소　말아미수 (말아서 먹이소)

麻流能　阿那陀麻　波夜美多邇《古事記》

마류능　아내타마　파야미다이

磨屢洒　阿奈陀磨　波夜彌多爾《日本書紀》

마루내　아내다마　파야미다이

마루내　아나다마　파야미다이

마루내　안아담아　퍼여미다니

마루내　안아담아　퍼여미다니

布多和多良　須阿治　志貴　多迦比古泥　能迦微曾也《古事記》

포다화다량　수아치　지귀　다가비고니　능가미증

輔陀和陀羅　須阿泥　素企　伽避顧禰《日本書紀》

보타와타라　수아니　소기　다가피고네

보다와다라　수아니　소기　다가피고네

보다어달라　숭아니　속이　다가피곤니

보태어달라　숭이니　속이　다가피겐니

보태어달라　흉하니　속이　다가피겠니

훈독은 음독을 절묘하게 보완하고 있다.

1) 阿米那流夜 (아매나 루야) / 阿妹奈屢夜 (오매나 누구야)

누나(妹)가 어째서(奈) 아첨하듯이(阿) 밤(夜)에 여러 번(屢)

'아매나 누구야', '오매나 누구야'를 외쳤나!

阿: 아첨할 (아) (比也曲也). 건성으로 대답할 (아), 언덕 (아)

妹: 妹자는 살아온 저와 남매지간 임을 암시한다.

奈(내, 나): 어찌(내), 乃帶切(내) 奴箇切(나)

箇(개): 居賀切(가)

屢(누, 루): 여러 루(數也), 자주 루(頻也)

('이게 누구야'를 반복해서 외친다)

屢夜(누야): 밤에 인기척을 듣고 '누야 → 누구야'를 암시한다.

2) 淤登多那婆 (어등 다 나파) / 乙登多奈婆 (얼등 다 내빠)

빈소에 올려져(登) 있는 것 모두 다(多) 버려라(婆?)

乙: "얼"자가 없어서 乙로 대치한 듯

乙登: 얼등, '빨리'의 방언

多奈婆: 다내비(祭器) (파, 피, 비, 삐) '다 버려라'의 방언

登: 오를(등)

多: 모두

婆: 늙은할미(파)

奈婆: 어찌(奈) 늙은 할미(婆)를 버리나(고려장?)

내파 → 내빠 → 내삐 (내 버려라)

3) 多能宇那賀 / 多洒汚奈餓 (다 내 오너라)

빈소의 오염(汚)된 음식(餓 → 食)은 곧장(洒) 모두(多) 내 온나.

　　　　　　　　　　향가와 만엽집의 새로운 해석

迺: 바로, 빨리를 나타낸 用字(용자)

多: 모두

汚: 빈소에 차려진 더러워진 음식을 표현한 듯

餓: 餓(아) 속의 食(식)은 먹는 음식을 표현. 배가 고프겠다.

4) 世流多麻能　美須　麻流美須 (말아미수 → 말아서 먹이소)

　勢屢多磨迺　彌素 (새로 담아내 미소)

　곧장(迺) 기운 차리게(勢) 여러 가지(屢) 많이(多) 골고루(彌)

　공복(素)을 채우도록 먹이소.

　屢(누): 여러(루) (數也). 자주(루) (頻也). 누

　迺(내): 이를(내) (至也). 놀라 소리지를(내) (驚聲也). 이어(내)

　彌(미): 두루(미). 골고루(미)

　素(소): 빌(소) (空也). 흰(소) (白也). 원래(소)

　彌素(미소) → 먹이소. 彌多(미다) → 먹이다. 彌羅(미라)

　→ 먹이라

　《古事記(고사기)》의 麻流美須(말아 미소)는 중복되어서 書記

　는 생략했다.

5) 麻流能　阿那陀麻 (국밥을 안아 들고)

　磨屢迺　阿奈陀磨 (말아서 안아 담아)

磨屢酒: 말아내 (상가집 국밥)

阿: 기울다. 비탈진 (기울여 퍼 마시는 것을 암시)

陀: 흐트리다 (床에 다른 음식)

陀(타): 반절음은 (다) (待可切) 船木設於舟尾尾. 키 → 숟가
락), 물 속에 있는 방향 '키 → 숟가락을 국밥에 넣다'
를 암시.

阿奈陀磨: 안아 들고 (그릇이 큰 듯)

6) 波夜美多邇 / 波夜彌多爾 (퍼여 미다니 → 퍼여 먹더니)

너는(爾) 국밥이 파도치듯(波) 빨리 골고루(彌) 많이(多) 퍼
넣다. 국밥을 입 가까이 대고 빨리 퍼 넣다. 허기진 사람처
럼. 언칠라.

波: '퍼'자가 없어서 波를 이용. 水변은 국물을 상징한 듯

爾: 너(이), 그녀(이)

彌多: 미다 → 먹이다.

7) 布多和多良　須阿治 (보태어 달라 숭이니?)

輔陀和陀羅　須阿泥 (보태어 달라 숭이니?)

須阿泥: 수아니 → 숭아니 → 숭하니 → 흉하니

필요해서(須) 더 달라고 아첨하는 것이(阿) 더럽니(泥). 배

가 고파 더 달라는 것을 누가 숭하니? 흉하니?

주인이 더 권하자 손님은 많이 먹었다고 건성으로 대답한
다. 가난했던 시대에는 더 먹고 싶어도 사양하는 것이 미
덕이었다. 또한 먹던 국밥에 따뜻한 새 국을 숟가락으로
덜어서 보태어 주려는 주인의 인정은 예나 지금이나 같은
것 같다.

輔: 돕다. 보좌하다 (助也), 보태어 (물이나 국물을)

陀(타): 반절음은 (다, 待可切) 船木設於舟尾尾. '키' → '숟가락'

和: 여럿을 모을. 합하다. (먹던 국밥에 따뜻한 국을 섞음)

羅: 벌리다. 그릇을 내밀며 달라.

須(수): 바라다. 필요하다. 반드시. 생선 아가미 벌떡거릴 (魚
動腮)

阿: 아첨할(아). 건성으로 대답할(아). 언덕(아)

泥: 야들할 (柔澤貌) (니). 더러워질 (水濁) (니). 수렁. 진흙

8) 志貴 多迦比古泥 能迦微曾

素企 多伽避顧禰 (속에 다 고이겐니)

音讀(음독)

志貴 多 迦比古泥 能迦 微曾也《古事記》

지귀 다 가비고니 내가 미증야

지끼 다 가비곤니 내가 이즈야

지것 다 고이겐니 내가 믿드야

지것 다 고이겠니 내가 믿드야 (내가 믿겠느냐)

'志貴 → 素企'로 바뀌었고 '能迦微曾也'는 생략했다.

志貴 → 지귀 → 지기 → 지끼 → 지것 → 자기 것

素企 → 소기 → 속이

伽避다 → 가비다. 개비디. 가피다. 개피다 → 물이 개피

다. 가비다. 가피다. 개피다 → 고이다 → 물이 고이다.

訓讀(훈독)

너의 것만 먹고 원하던(企) 만큼 공복(素)을 채울 수 있나?

배불리 먹어야 절(伽)에 있는 아버지 사당(禰: 親廟)에 가는

것을 피할(避) 수 있다. 즉 많이 먹어야 산다.

志: 뜻 (지) (心之所之). 기록할 (지) (記也).

貴: 귀할 (귀). 높을 (귀)

志貴(지귀): 마음이 있는 귀한 곳.

能(능, 내): 乃帶切(내). 囊來切(내). 奴登切(능)

治(치, 이, 지): 盈之切 (이). 直利切 (지 → 치)

企(기): 바라다. 원하다.

향가와 만엽집의 새로운 해석

伽(가): 절 (가). 스님이 거처하는 곳 (僧居也)

顧(고): 돌아보다 (回首旅視). 생각하다. 기다리다.

禰(녜): 乃禮切(녜). 사당에 모신 아버지(親廟). 新主.

일본의 고대사는 그들의 뿌리를 감추기 위해 신화를 날조하여 독자들을 혼란에 빠지게 한다. 그러나 역사는 허위로도 기록할 수 있었겠지만 약 1,200년 전에 기록하여 지금은 거의 화석화 된 그들의 吏讀文(이두문)이 우리의 옛말(古語=사투리)로 써있음을 그들은 알지 못하여 도저히 해석되지 않은 것은 枕詞(침사)라 하여 아무런 뜻도 없이 다음 단어를 수식하는 관용구 같이 묶어 두었으나 연약하기 그지없다.

그리고 《韓國方言資料集(한국방언자료집, 한국정신문화원 발행)》에서 조차 사라진 우리의 옛말들을 기억해 낼 수 없다면 鄕歌(향가), 《萬葉集(만엽집)》등 우리의 고대 언어의 보고인 吏讀文(이두문)은 영원히 풀 수 없는 심연으로 빠지고 말 것이다. 또한 우리 향가나 《萬葉集(만엽집)》은 아름다운 서정시가 아니라 正史(정사)에 기록할 수 없는, 일상 생활 주변에서 일어난 잡다한 사건을 漢字(한자)의 音(음)을 借用(차용)하여 우리말로 기록한 吏讀文(이두문)이다. 따라서 이들을 바르게 해석한다면 당시의 생활상을 엿볼 수 있는 귀중한 자료가 된다.

2.
七枝刀칠지도의 새로운 해석

《日本書紀(일본서기)》神功(신공) 52년, (AD230)에 칠지도를 조공받았다고 했으나 내용을 보면 분명히 하사품이다. 김성호씨의 《비류백제와 일본의 국가 기원》에(181쪽부터 10여 쪽) 상세하게 기술되어 있다. 약 1,800년 전에 금으로 상감하여 하사하였으나 부식이 심하여 王世系(왕세계)를 王世子(왕세자)로 잘못 해석하여 전체 문맥을 이해하는데 어려움이 많았다. 필자는 子(자) → 系(계)로 바꾸어 보니 신라인(세오녀) 神功(신공)이 自爲王(쿠데타)하여 69년 동안 통치한 것까지 이해할 수 있었다. 다음은 七枝刀(칠지도) 原文(원문)

「앞면」泰和四年五月十六日丙午正陽造百練鍒七支刀
出辟百兵宜供供侯王△△△△祥(作)

「뒷면」先世以來未有此刀百濟王世系奇生聖音故爲倭王旨造傳示後世

해설: 魏(위)의 太和(태화) 4년(AD230) 5월 16일 병오 정양에 백련철로 鑄造(주조)했고 전쟁에 나아가 百兵(백병)을 무찌를 수 있으니(宣) 유사품을 複製(복제)하여 倭(왜) 王(왕)들에게 공급하라. 先代(선대)부터 이런 칼은 가진 적이 없으니 百濟王(백제왕) 世系(세계)에 寄生(기생)하는 귀족이 倭王(왜왕)이 된 고로 잘 鑄造(주조)하여 후세에 전하라.

百練銕(백련철): 몇십 년 전만 해도 시골 장터에서 철을 연마할 때 불에 달구고 두드리고 물에 넣고를 반복하여 철 속의 불순물을 제거하였다. 100번 단련된 것을 百練銕(백련철)이라 했다.

造: 鑄造(주조)처럼 주로 鐵(철)로 만듦을 뜻함.

復: 複製(복제)처럼 주로 나무로.

辟: 무찌르다(除也) 일당백을 표현한 듯.

宣: 王(왕)의 하고, 말하노니(宣旨)

宣復: 먼저 複製(복제)하여

旨造: 잘 鑄造(주조)하여

作: 유사품을 제작, 혹은 특정한 나무로 제작을 표현한 듯

世系: 당시의 정치적 상황으로 볼 때 '子'가 아닌 '系'로 보아
　　　야 한다. 지금까지 子로 봄으로써 문맥이 이상하여 갑
　　　론을박.

爲: 되다 (불쾌하지만 정치적으로 왕으로 인정)

旨: 잘, 아름답게 (명령어)

宣, 系, 寄生, 旨: 이들 글자 때문에 칠지도에 접근을 금지하
　　　　　　여 은밀히 석상신궁에 보관하여 왔다.

王世系奇生聖音: 백제계 통치 지역에서 쿠데타로 정권을 잡
　　　　　　　은 神功(신공)을 백제 王世系(왕세계)에 接木
　　　　　　　(접목)된 귀족(聖音)으로 인정해 주는 증표
　　　　　　　인 동시에 이 신무기로 압력과 교역 수단으
　　　　　　　로 사용하는 일종의 외교 문서였다. 오늘
　　　　　　　날 북한이 핵무기를 외교 수단으로 사용하
　　　　　　　는 것과 너무나 비슷하다.

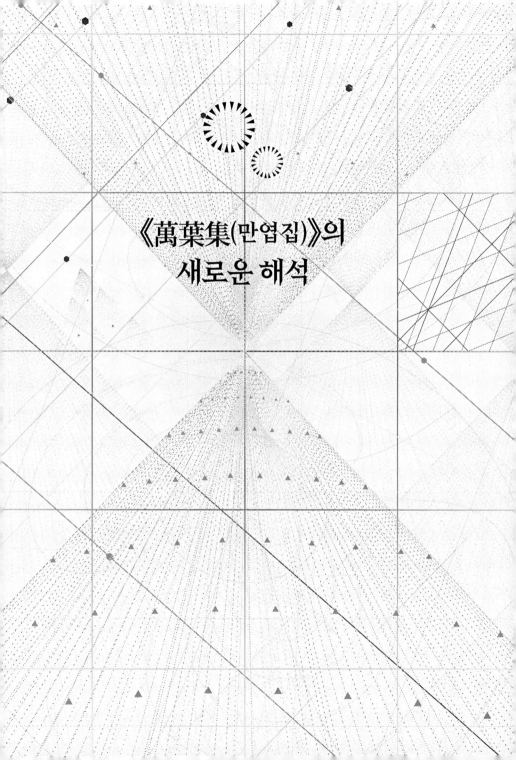

《萬葉集(만엽집)》의
새로운 해석

1.
七夕歌
칠석가

萬葉集(만엽집)에서 난해한 것으로 알려진 〈七夕歌(칠석가)〉.

牽牛者織女　等天地之　別時由　伊奈牟之呂　河向

견우자직녀　등천지지　별시유　이내모지려　하향

겨우잦지여　등천지지　별시럽네　이내모아지려　하야

立思空不安久爾　嘆空不安久爾

입사공불안구이　탄공불안구이

입싸고불앙쿠나　티고불앙쿠나

절묘한 자구를 해석해 봅시다.

牽牛者織女(겨우 잤지여, 강간)

牽牛: 견우 → 겨우

者織女: 자직녀 → 잦지여 → 잤지여

　　　사내가(者) 소(牛)를 끌듯이(牽) 여자(女)를 끌고가 베
　　　를 짜다. 즉 강간했다.

牽牛: 소를 끌듯이 (牽: 끌 견), 겨우

者織女: 사내(者)가 여자(女)와 배를 짜다(織).

等天地: (여자가 고르게 천지에 퍼져 있다는 뜻)

等天: 등천 (냄새가 '등천하다', 냄새가 '많이난다'의 뜻)

天地: 천지 (천지로 있다. 많이 있다)

別時由: 별시유, 별시럽다. 별나다. (立思空, 嘆空.)

伊奈: 이내(곧)

牟之呂: 모지, 모아지다, 오무려(女子의 膣(질)이)

呂: 陰律(려), 아마 陰(음)(膣(질))을 강조한 듯

河向: 시냇물이 모아지는 형상을 강조(河, 向字를 음미해 보시라)

牽牛者織女: 여자를 소처럼 끌고 가서 겨우 잤다(강간)

等天地之別時由: 여자는 天地(천지)로 많은데 별시럽게 노네.

牟之呂河向: 강물이 모아지려 하네 (東京江에 배 지나가기)

立思: 생각을 세우다. 화를 내다. 音으로는 '입싸'

空: 공(곤) '빼 먹고 버려라'처럼 두 문장을 연결(고)

立思空: 입 싸고 (말이 많고)

不安久爾: 불앙구이, 부랑쿠나(거칠다, 난폭하다)

嘆: 탄식만 하다

현장 검증을 해 보자.

소처럼 끌고 가서 자고 나니(강간)

女子曰: '처음이다, 책임 져라' 등등 앙탈을 부리니(立思, 嘆)

男子曰: '천지가 여자인데 별시럽게 노네, 東京江(동경강)에 배

　　　　지나가기지.

입 싸고 탄식하고 부랑쿠나. 잘못 건드렸구나!'

2.
慕嚚圓隣之
모효원인지

다음은 서기 658년 10월에 紀伊溫泉(기이온천)에서 額田姬王(액전희왕, 누가타왕)이 지은 노래인데 溫泉(온천)이 '목욕'이란 내용을 품고 있기 때문에 아래와 같은 해석에 접근할 수 있지만《만엽집》에서는 鄕歌(향가)와 달리 설명 없이 원문만 나열한 것이 많아 해석에 어려움이 많다.

아래 것은 일본에서는 너무나 어려워 풀 수 없다고 한 것이다. 鄕歌(향가) 〈安民歌(안민가)〉와 더불어 유일하게 作詞(작사)한 年月日(연월일)이 기록돼 있다.《만엽집》권 1~9의 내용은 다음과 같다.

慕嚚圓隣之大相七兄爪謁氣吾瀨子之射立爲兼五可新何本

이 原文(원문) 25자를 필자는 鄕歌(향가)와 같이 五言體(5언체)

로 재구성해 보았다.

慕嚻圓隣之　大相七兄爪
모효원인지　대상칠형조
모호엔는지　때사치혀저
머허엔는지　때싸찌혀저
머어핸는지　때쌓지어저 (때 쌓이다, 때 끼다, 때 찌다)

謁氣吾瀨子　之射立爲兼　五可新何本
알기오뢰자　지사립위겸　오가신하본
얄기오내자　지사리비껴　옥까신하바
얄기어내자　지살이비껴　고까신하봐 (따까신하봐)

1. 慕嚻圓隣之 (머허 핸는지, 머어 했길래)
    늦도록(慕) 시끄럽게(嚻) 이웃(隣)에 돌아다니며(圓) 놀다.
    6.25전후 어머니들은 손등에 두꺼운 때가 낀 자식들의 손
    을 씻어 주며 '머어 했길래 때만 졌나?' 하시며 뜨거운 소죽
    물에 때를 불려 짚으로 씻을 때 피부가 벗겨져 따가울 때
    가 많았다. 이와 같은 분위기에서 이 글을 감상해 보자.

2. 大相七兄爪 (때 사치혀져, 때가 쌓이다)

   형제(兄)간에 서로(相) 때를 누어서(大), 앉아서(七) 씻어 주
   다? 또한 손톱(爪) 밑에 때가 끼다.

3. 謁氣吾瀨子 (알기어 내자, 깎아 내자)

   때를 세게 밀 때 피부에 느껴지는 약간의 통증을 상상해
   본다.

   謁氣: 기를 알리다. 즉 통증(氣)을 느끼다(謁)

   瀨: 자갈 위로 물이 흐를 때 생기는 너울.

      즉 때를 밀 때 반복운동을 암시.

4. 之射立爲兼 (지 살이 비껴져)

   살, 피부를 암시하기 위해 몸신(身)字가 있는 字를 선택
   한 듯.

   피부가 벌겋게 서가(立). 겸(兼)해서, 따라서, 그래서 '따갑다'

5. 五可新何本 (옥까 신하바, 따가 신하바)

   五: 다섯 손톱 자국

   新: 새 살(피부가 벗겨져)

3.

垂乳根之母
수유근지모

《만엽집 속의 吏讀文(이두문)》

다음은 《만엽집》 가운데 가장 난해하다는 것 중 하나다.

垂乳根之母我養蠶乃眉隱馬聲蜂音石花蜘(蟲廚)荒鹿異母二不相而 (27자)

《만엽집》은 당시의 이두문을 집대성했기 때문에 향가와는 달리 이 글이 쓰인 배경 설명이 전연 없다. 따라서 오직 차용 한자와 생각나는 우리 옛말만으로 해석했기 때문에 正解(정해)라고 주장하기에는 조금은 무리가 따르므로 너그러운 이해를 바랄 뿐이다.

내용을 보고 다음과 같은 배경을 추정해 보았다.

계모가 끈으로 어린이를 묶어 놓고 죽일 듯이 폭행하고 있는 장면을 보고 쓴 글이다.

〈一字一音(1자1음)으로 음독하면 순수한 우리 옛말이 된다.〉

垂乳根之母　我養蠶乃　眉隱馬聲
수유근지모　아양잠내　미은마성
수유근지모　아양잠내　미은마셩
수우끈찌매　아영잡내　미워마소
수우건짜매　아영잡내　미워마소

蜂音石花蜘　蝦董鹿異　母二不相而
봉음석화지　주근록이　모이불상이
보문석아지　주긴록이　모이불쌍이
보문석알지　죽일라구　매이불쌍해
보면석알지　죽일라구　매우불쌍해

훈독은 음독을 절묘하게 보안하고 있다.

1) 垂乳根之母 (수우끈 짜매 → 불끈 짜매)

젖 먹일 때 엄마(母)의 내려진(垂) 유방(乳根)이 아기의 코를
막아 숨이 막힐 듯한 상황을 암시

2) 我養蠶乃 (아 영 잠내)

나(我)는 누에(蠶)도 기르지(養) 않는다(乃).

즉 '남의 자식 키워 줘도 아무 필요 없다'는 계모

3) 眉隱馬聲 (미워 마소)

화났을 때 올라간 눈꼬리(眉)와 말의 신음 소리(馬聲).

眉(미): 화났을 때의 '눈꼬리가 올라간다'를 암시

馬聲(마성): 말 울음 소리, 신음소리

4) 蜂音石花蜘 (보면 석 알지 → 석 보면 알지)

벌(蜂)은 소리(音)로 거미(蜘)는 꽃 모양(花)으로 구분(石)할
수 있다. 저울질해서 알 수 있다 (蜘 속의 → 知)

石: 돌(석). 저울(석)

5) 蟵菫鹿異 (주긴록이 → 죽일라구)

부엌 벌레도 잡아야 하고 사슴도 잡아야(사냥)한다.

蟵(주): 虫변에 廚(부엌 주). 즉 부엌에 있는 벌레를 나타낸 듯.

董(근): 渠吝切(긴), 渠斤切(근), 점토, 때(근)(時也), 조금(근)

  (僅也)

鹿(록): 사슴

6) 母二不相而 (매우 불쌍해)

  異母: 다른 어머니. 즉 계모를 나타내기 위한 차용 한자

  母二: 어머니가 둘. 즉 계모를 나타내기 위한 차용 한자

4.
足日木乃
족일목내

足日木乃	山之四付二	妹待跡	吾立所沽	山之四附二
족일목내	산지사부이	매대적	오립소고	산지사부이
족일목내	산지시부리	매대적	오립소고	산지사부이
조길목내	사지십부리	미디적	올립속고	사지십부리
저길목내	싸기삽뿌리	미디적	올리솟고	싸기삽뿌리
저길목내	싸게삽뿌리	미지적	올리솟고	싸게삽뿌리

싸게 준다 하더니 미디적 값을 올리 놓고 싸게 사라.

저 길목내 싸게 사뿌리(하더니) 미디적 값을 오려놓고 싸기 사

라고

1) 足日木乃

　　나무(木)가 없고(乃) 햇빛(日)이 드는 발(足)에 필요한 곳.

즉 길(道)을 암시한다.

2) 山之四付二

시세의 반 값으로(四 → 二) 싸게(山之) 준다(付)하더니.

'山은 값이 싸다'를 암시한다.

附: 덧붙일(부)加也. 近也. 依也, 寄託. 붙일(부)

3) 妹待跡

누님(妹) 오기(跡)를 기다리다(待)

오지 않은 것은 값을 올리기 위해서다.

4) 吾立所沽

나에게(吾) 땅(所) 값을 올려서(立) 팔다(沽)

5) 山之四附二: 올린 값(附)을 반값(4 → 2)으로

'팔아라'는 買入(매입)과 賣出(매출)의 두 가지 뜻으로 사용

했다. 시골 장날에 깨를 한 되 주며 '팔아 오너라'(賣)

시골 장날에 돈을 주며 콩 한 되 '팔아 오너라'(買)

마찬가지로 '삿뿌리'도 '살까?'와 '사라'

팔아라: 콩을 주며 '팔아 오너라'는 콩을 賣出(매출)하라는 뜻

향가와 만엽집의 새로운 해석

팔아라: 돈을 주며 '콩을 팔아 오너라'는 콩을 買入(매입)하
　　　라는 뜻

삽뿌리: 삿뿌리(付) 買入(매입)의 뜻

삽뿌리: 삿뿌리(附) 賣出(매출)의 뜻

吾乎待跡　君之沽計武　足日木能　山之四附二　成益物乎

오호대적　군지고계무　족일목내　산지사부이　성익물호

오허대적　군지고계모　저길목내　산지사뿌리　성익물호

(쓸 가치가 있다)

어허대저　궂기꼬기모　저길목내　싸지사뿌리　서이물호

어허대도　궂지꼬이모　저길목내　싸지사뿌리　써이물오

(가치가 있다)

어허대도　굳이꼬기모　저길목내　싸기삽뿌리　쓰이므로

어허대도　궂이고끼모(할끼모) 저길목내　싸기삽뿌리 가치가 있
음므로

오른 값으로 쳐도 싸니 사라 명당이라서 가치가 있다.

1) 吾乎待跡

　나(吾)의 발자취(跡)를 기다리다(待). 즉 내가 오기를 기다
　리다.

2) 君之沽計武

　　君之: 임금이 가다, 행한다면 한다. 즉 군이 한다. 꼭 한다.

　　沽計武: 買入(沽)을 계획(計)대로 계속하다(武).

3) 足日木能

　　能 (확실히 팔겠다는 뜻을 내포하고 있다)

4) 山之四附二

　　附(덧붙일 부)

　　올랐지만(附) 그래로 값이 싸다(山之).

　　시세의 반이다(四 → 二)

　　'山은 값이 싸다'를 암시한다.

5) 成益物乎

　　성익물호 → 서이므로 → 쓰이므로

　　이익(益)을 얻을(成) 수 있는 물건(物)이 확실하다

　　乎: 감탄사

　중앙청은 사라졌지만 아직 우리 생활 속에서 그들의 잔영이
모두 사라진 것은 아니다. 지난 일요일 친구가 근무하는 도서

관을 찾아 《조선실록》이나 《세종실록》을 PC로 검색했으나 '자료가 등록되지 않았다'는 메시지뿐이었다. 잠시 후 담당 직원이 PC에 《이조실록》은 있다는 것이었다. 아직도 많은 이들은 이씨 조선으로 쓰고 있다(현재는 모두 조선 실록으로 사용함). '李氏朝鮮(이씨 조선, 이씨의 조선)' 얼마나 굴욕적인 國名(국명)인가! 그러나 우리 세대는 분명히 이씨 조선으로 배웠다. 36년 동안 정치, 경제, 사회, 문화 전반에 끼친 심대한 폐해가 오늘날까지 이어지고 있는 것이다.

조선 말기 과학적이고 체계적인 교육을 받지 못하다가 식민 치하에서 일본식 교육을 받은 분들은 그들에게서 배운 '이씨 조선'을 아무런 여과 없이 해방 후에도 그대로 우리 교과서에 싣고 있다.

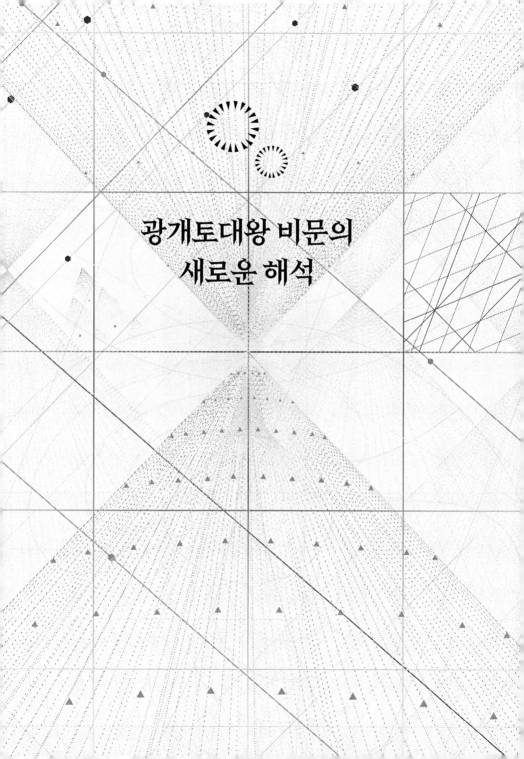

광개토대왕 비문의
새로운 해석

沸流百濟(비류백제)와 溫祚百濟(온조백제)

지금까지 우리가 배워온 한국 고대사는 일제 사학에 의해 삼국사기 초기기록을 불신해 왔다. 그것은 414년간 한반도 일부와 중국의 요서와 양자강 하구까지 지배한 강력한 국가(비류백제)를 말살하려는 과정에서 나오는 필연적인 결과였다. 이것은 BC18년에 개국하여 AD396년에 광개토대왕에 의해 멸망할 때까지 비류계와 온조계의 두 역사가 이중화되었음이 밝혀지지 않았기 때문이다.

그럼 비류계의 실체를 찾아보자.

고구려 시조 주몽이 북부여에서 탈출해와 졸본부여에서 召西奴(소서노)와 재혼하여 비류와 온조를 낳았다. 혹은 둘 다 소서노의 전 남편의 아들이라 하니 여러 가지 역사적 흐름을 볼 때 異

父同腹兄弟(이부동복형제) 설이 우세하다.

《백제본기》에는 비류는 미추홀, 온조는 위례성에서 각각 개국하나 미추홀은 땅이 습하고 물이 짜서 개국에 실패하여 비류는 자살했다고 쓰고 있다. 고구려 본기, 신라 본기, 백제 본기, 일본서기와 광개토대왕 비문에서조차 비류백제를 철저하게 배제하나 역사는 인위적으로 말살할 수 없다.

四國史書(사국사서)에서 비류백제를 말살할 수밖에 없는 이유가 대왕비문 해석 과정에서 나올 것이다. 온조계의 입장에서 보면 고구려는 같은 시조를 모시는 형제 국가이고 비류계는 같은 어머니 召西奴(소서노)를 모시고 온조계의 왕권마저 좌지우지할 수 있는 형제 국가이기 때문에 어려운 입장에 처하게 되었던 것이다. 백제 연합이 고구려를 침공한 것은 주로 비류계가 감행했기 때문으로 AD396년에 광개토대왕의 침공을 받아 멸망하게 된다. 그러나 온조백제는 永爲奴客(영위노객)이 되겠다 하고 용서 받는다.

다음 구절이 논란의 대상이다.

百殘新羅　舊是屬民　由來朝貢　而倭以辛卯年來　渡海破百殘□
□新羅
以爲臣民　以六年丙申　王躬率水軍　討伐殘國.　軍至巢　首攻取

十八城

    (백잔(백제)과 신라는 과거 고구려 속민으로 지금까지 조공해 왔다. 그런데 신묘년에 왜가 바다를 건너와서 백잔과 신라를 쳐서 신민으로 삼았다.)
    이것이 지금까지의 해석이다. 그러나 필자는 한문에 조예는 없으나 우리의 한자사전에서 '以來와 以爲'의 용법을 활용해 봄으로써 이 구절의 의문점을 알 수 있었다.

    (辛卯年)以來..... 爲臣民: (신묘년)부터 臣民으로 삼았다.
    (과거 완료형)
    以(辛卯年) 來..... 以爲臣民: 신묘년부터 신민으로 삼으려 했다.
    (미래 완료형)

    九年己亥에도 유사한 기록이 있다.
    以(奴客)爲民..... 奴客(노객)이 民(민)이 되려면 (아직 奴客(노객)이지 民(민)이 아닌 상태다)
    以(屬民)爲臣民: 아직 속민이지 신민이 아닌 상태다.

    필자의 해석은 다음과 같다.
    백잔과 신라는 과거 고구려 속민으로 지금까지 조공해 오고 있다. 그런데 신묘년(AD391)부터 계속해서 倭(왜)가 바다를 건너 백잔과 신라를 쳐서 신민으로 삼으려 하기 때문에 육년 병신년(AD396)에 왕은 몸소 수군을 인솔하여 利殘國(이잔국)을 토벌했다. 軍(군)은 巢窟(소굴) 즉, 먼저 攻取(공취)한 18성에 도착해 있었다.

倭(왜) 때문인데 왜 利殘國(이잔국)을 토벌했을까? 문맥이 어색하다.

결국 倭(왜) = 利殘國(이잔국)인데 아이러니컬하게도 이 구절 때문에 비류백제의 실체와 일본의 국가 기원이 밝혀진다.

앞에서 말한 首功取十八城(수공취18성)은 AD392년에 關彌城(관미성, 비류계의 육해군 본부)을 비롯하여 漢水(한수) 이북의 城(성)으로 광개토대왕이 공략한 것으로 삼국의 본기에도 기록되어 있다. 특히 고구려가 관미성을 함락시킨 10월에 진사왕은 구원(狗原)에서 10일이 넘도록 사냥을 했고 돌아오지 않았다. 진사왕은 11월에 돌아갔다. (백제본기)

한편, 《일본서기》에는 'AD392년 진사왕이 倭(왜)에 무례했기 때문에 사람을 보내어 11월에 죽이고 아신왕으로 옹립하고 돌아왔다'라고 기록하고 있다. 무엇이 무례했단 말인가? 이것은 비류계의 관미성이 20일 동안 공략당해도 사냥이나 하고 있었으니 형제 국가로서 괘씸죄에 해당했을 것이다. 당시의 교통 수단

으로 보아 倭王(왜왕)은 한반도에 있었음이 분명하다. 여기까지
만 보아도 倭(왜) = 이잔국 = 비류계임을 짐작할 수 있다.

일본서기의 응신조를 연대별로 보자.

AD390. . . 응신 즉위

AD391. . . 가족관계 설명

AD392. . . 진사왕 왜에 무례

AD394. . . 큰 배를 만들다

AD395. . . 근강국에서 배를 타고 토도야에 도착

AD396. . . 고구려, 백제, 신라인 래조(來朝)

舊唐書 百濟云…… 東北之新羅 西渡海至越州 南渡至倭國

周書 百濟云…… 熊津 仇台(沸流)之墓

武寧王陵買地卷…… 절대 권력자 왕릉을 조성하기 위해 많은
돈을 주고 샀는데 판 측의 土王(토왕)은 과연 누구였을까?

重修宮室(AD477)…… 웅진남천은 AD475인데 신축이 아니고
重修라니!! 이는 과거 어느 왕조의 궁궐이 있었다는 증거다.

《日本書紀(일본사기)》……應神(응신) 三年(3년)(AD392) 十一月
(11월) 辰斯王(진사왕)이 무례했기 때문에 紀角宿彌(기각숙미)등
4人을 보내 살해하고 阿莘王(아신왕)을 옹립하고 귀국했다. 神功
死後(신공사후) 무정부기를 지내고 AD396년에 홀연히 나타난 응
신은 과연 누구일까? 광개토대왕 비문 등에서 찾아 보자.

三國史記…… AD391년 7月에 十城陷落(10성 함락), 同十月(동
10월)에 關彌城(관미성)이 七道(7도)로 二十日(20일) 동안 침공당
해도 辰斯王(진사왕)은 狗原(구원)에서 사냥하며 十日(10일)동안
돌아오지 않았다. 同十一月(동11월)에 진사왕은 狗原行宮(구원행
궁)에서 卒(졸). 關彌城(관미성)은 비류의 요새?

廣開土大王碑…… 백제를 百殘(백잔)과 利殘(沸流(비류))으로
구분. 利(날카로운) 殘(남아있는)

100년 동안 논란의 대상이 된 碑文(비문)은 당시 한반도의 정
확한 정치적 배경을 모르면 해석될 수 없는 구절이다. 광개토대
왕 비문에서 가장 핵심적인 구절의 일부는 일본인들의 교과서에
까지 등재하여 국민들을 세뇌하고 있다. 그러나 지금까지 동양
삼국은 당시의 역사적 복원 없이 비문만으로 각각 다음과 같이

자국에 유리한 쪽으로 해석했던 것이다.

1) 在日 사학자 이진희씨는 '일본군이 비문을 변조했다'.

2) 일본에서는 '4세기부터 한반도를 통치했다'.

3) 중국측은 이것도 저것도 아닌 '비문이 과장되었다'.

그러나 이것들은 모두 우리말의 특성을 이해하지 못하는 데서 오는 과오라고 필자는 보고 있다.

百殘新羅　舊是屬民　由來朝貢　而倭以辛卯年來　渡海破百殘□ □新羅

以爲臣民　以六年丙申　王躬率水軍　討伐殘國. 軍至巢　首攻取 十八城…… 四十城名…… 渡阿利水　遣刺迫城…… 而殘主困逼. 獻出…… 王自誓. "從今以後永爲奴客." 太王恩赦…… 將殘主弟 幷大臣十人…… 九年己亥…… 潰破城池 以奴客爲民……

漢文(한문)에도 미래형이 있다. (以...來와 以...爲)

舊...과거; 由來...현재까지; 來...미래; 以來... 부터

舊是屬民: 과거부터 속민이 있다.

由來朝貢: 현재까지 조공해 오고 있다.

以爲臣民: 신민으로 만들려 했다. (미래형)

辛卯年以來: 辛卯年부터 (신묘년 이전에 모든 상황이 끝난 상태)

以辛卯年來: 辛卯年부터 (계속해서 진행 중인 상태를 나타냄)

여기서 舊是(구시)와 由來(유래)는 以爲(이위)의 미래성을 나타내기 위한 것이며 따라서 과거형이라면 '以爲'에서 '以'자는 전혀 필요 없다.

以來(이래)와 以(이): 來(래)는 우리말로는 같은 '-부터'이지만 어감에는 미묘한 차이가 있다.

필자는 '以來와 以爲'의 활용을 통해서 봄으로써 핵심적인 의문점을 풀 수 있었다. 지금까지 모든 漢文(한문) 연구가들은 사소한 듯하지만 뜻에는 엄청난 차이가 나는 이런 것을 看過(간과)해 왔다.

舊(過去)　由來(現在)　以爲(未來)

而倭　辛卯年　以來... 爲臣民 (과거 완료형)

그런데 倭(왜)가 辛卯年(신묘년)부터 臣民(신민)으로 만들었다.

而倭　以辛卯年來... 以爲臣民 (미래 완료형)

그런데 倭(왜)가 辛卯年(신묘년)부터 (계속해서) 臣民(신민)으로 만들려고 했다.

　　　　　　　　　향가와 만엽집의 새로운 해석

以와 來 사이에 '辛卯年(신묘년)'을 넣음으로써 '신묘년부터 계속해서'란 뜻이 되고 以와 爲사이에는 '屬民(속민)'이 생략된 것을 알 수 있다.

以(屬民)爲臣民: 왜가 고구려 속민을 신민으로 만들려 했다.
   (아직 屬民이지 臣民이 되지 않은 상태이다)
從今以後永爲奴客: (아신왕 曰) 지금부터 영원히 奴客(노객)이
   　　　　　　　되겠다. (미래형)
以奴客爲民: (광개토대왕 曰) 奴客(노객)이 民(민)이 되게 해주겠
   　　　　　다. (미래형)

아신왕 스스로 '永爲奴客(영위노객)' 했으나 新羅(신라)로 도망가는 백성이 많아 都城(도성)이 衰退(쇠퇴)해지자 서기 399년 광개토대왕 巡視(순시) 때 이를 告(고)하자 대왕은 100명의 선두대(정보원)를 新羅(신라)로 보내 溫祖系(온조계)와 沸流系(비류계)를 구분하기 위한 密計(밀계)를 꾸민다. 즉 '조건만 들어준다면 奴客(노객)을 民(민)으로 復權(복권)해 주겠다.'고 말한다.

[백제와 신라는 옛부터 (고구려) 속민이라 지금까지 조공해 오고 있다. 그런데 倭(왜)가 신묘년에 바다를 건너와서 백제, 신라

를 破(파)하여 신민으로 삼았다] 이것이 지금까지의 해석이다.

필자의 해석은 다음과 같다.
[백제와 신라는 옛부터 (고구려) 속민이라 지금까지 조공해 오
고 있다. 그런데 倭(왜)가 신묘년부터 계속해서 바다를 건너와서
백제, 신라를 破(파)하여 신민으로 삼으려 했다.]

辛卯年(AD391): 왜 여기에 辛卯年(신묘년)이 등장했을까?
庚寅年(경인년) 應神(응신) 즉위(AD390)는 고구려 越年(월년) 칭
원법으로 하면 辛卯年(신묘년)이 된다. 碑(비) 건립시(AD414)에는
應神(응신)이 망명하여 倭(왜)를 건국하는 것을 알고 있기에 倭
(왜)와 利殘國(이잔국)을 동격으로 취급하면서 전쟁 장소 기록 문
제로 討倭(토왜) 하지 못하고 討利殘國(토이잔국)으로 한 듯하다.

광개토대왕 즉위(칭원법)
: 삼국사기 壬辰年(임진년)(AD392) (當年칭원법), 비문에는 癸巳
年(계사년)(AD393)(越年칭원법)

以爲: 생각하기에(삼으려 함으로): 생각하건데
   來와 더불어 미래형

以(屬民)爲臣民: 屬民(속민)인데 臣民(신민)으로 생각하기에

　　　　　　(屬民이지 臣民 아님)

以(奴客)爲民: 奴客(노객)인데 民(민)으로 생각하기에

　　　　　　(奴客이지 民 아님)

　　　　　　노객인데 羅民(신라인)처럼 행동하기에 광개토
　　　　　　대왕에 알림.

六年丙申(AD396): 어디에도 이 大亂(대란)의 기사가 없지만 오
　　　　　　직 《일본서기》 秋九月에 고려, 백제, 임나,
　　　　　　신라인 來朝(應神(응신) 망명을 이렇게 은폐)

首攻取十八城: 삼국사기(AD392) 7월 十城(10성), 10월 관미성
　　　　　　등 함락. 먼저(AD392) 十八城攻取(18성 공취)했
　　　　　　고 (漢北에 있었다)

而倭. . . 以爲臣民. . . 討利殘國. . .

: 倭(왜)가 자기 屬民(속민)을 臣民(신민)으로 삼으려 하는데 왜
討利殘國(토이잔국)을 했을까? 이것은 두 나라를 같은 나라로
취급했거나 아니면 아주 밀접한 관계가 있는 나라로 취급했
기 때문일 것이다.

永爲奴客. . . 大王恩赦. . . 錄其後順之誠으로 어린 阿莘王(아
신왕)으로부터 항복 받다. 당시 백제 도읍은 AD371년부터 漢城
(서울)이다.

得五十八城村七百將殘主弟幷大臣十人...

: 이것이 바로 멸망한 비류계 것이며 弟(제)는 데려가며 王(왕)
은 어디로 갔을까? 四十城(40성)은 대부분 충남 주변으로 추
정된다.

대의

: 백제와 신라는 예로부터 속민이라 현재까지 조공해 왔는데
倭(왜)가 辛卯年(신묘년)부터 바다를 건너 백제, 신라를 쳐서
신민으로 삼으려 하므로 六年(6년) 丙申(병신)년에 (고구려) 왕
이 친히 수군으로 利殘國(이잔국)을 토멸했다.

(삼국사기에도 AD392년부터 倭(왜)의 침범이 빈번하였다)

작전 경로를 추정해 본다면

AD392년 관미성을 함락하고 4년 동안 재정비 강화하여 지금
의 아산만 密頭里(밀두리)(彌鄒忽, 미추홀)에 기습 상륙하여 충남지
역(비류계 통치지역) 四十城(40성), 七百村(7백촌)을 치고 歸路(귀로)
에 한강을 건너 어린 아신왕으로부터 항복을 받은 듯함.

9년 기해년(399년) 碑文(비문)
九年己亥 百殘違誓 與倭和通 王巡下平穰 而新羅遣使白

王云 倭人滿其國境 潰破城池 以奴客爲民 歸王 請命太王恩慈
稱其忠誠 特遣使還 告以密計
十年庚子 教遣步騎五萬 王救新羅 從男居城 至新羅城 倭滿其中

百殘違誓 與倭和通: 백제의 잔당(아신왕)은 '永爲奴客'이 되겠
다"고 서약까지 했는데 倭(왜)와 화통했다.

而新羅遣使白: 기존 해석은 '신라가 사신 白을 파견했다.' 그러
나 '신라에 사신 100명을 파견했다.'로 보아야 한다. 정보원 100
명을 파견하였는데 '왜인이 국경에 가득하여 성과 저수지를 파
괴하고 있다.' 비문은 倭人(왜인)으로 기록했지만 실은 백제의 유
민이다. 그래서 以奴客爲民, 奴客(노객)을 民(민)으로 복권 시켜
주겠다. 라고 한다면

王云 倭人滿其國境 潰破城池
王云 以奴客爲民 歸王 請命太王恩慈 稱其忠誠

九年己亥(서기 399년) 百殘(백잔)은 誓約(서약)을 어기고 倭(왜)
와 화통했다. 王(왕)이 下平穰(항복 받은 온조계의 都城(도성))을 巡
視(순시)하고 新羅(신라)에 使臣(사신, 선무대, 정보원)을 파견하며
王은 말했다 '倭人(왜인)이 新羅國境(신라국경)에 가득하니 城地

(성지)를 파괴하고 있다'. '奴客(노객)이 民(민)이 되려면(以奴客爲
民:복권) 主人(아신왕)에게 돌아가(歸王) 그에게 忠誠(충성)하겠다
고 말하고(矜其忠誠) 太王(태왕)의 은자한(太王恩慈) 下命(하명)을
기다려라(請命). 특별히 보낸 使臣(정보원)이 돌아와(特遣使還) 密
計(밀계)에 관해서 告(고)했다.

密計(밀계)로 온조계 피난민은 百濟(백제)의 땅으로 歸家(귀가)
시키고 비류계 피난민을 추방하기 위해 서기 400년 步騎(보병과
기병) 5만을 新羅(신라)에 派遣(파견)한다.

(滿其의 其는 신라를, 稱其의 其는 主(아신왕)를 의미)

우리가 경험한 6.25 때 김일성 南侵(남침)과 광개토대왕의 南
侵(남침)은 時空(시공)을 초월하여 너무나 흡사하다. 많은 피난
민이 경부선을 축으로 부산까지 내려오며 주변 農家(농가)에 많
은 被害(피해)를 주었다. 以北(이북) 피난민은 귀가하지 못하고
南韓(남한)에 정착한다. 그러나 沸流系(비류계) 피난민이나 三國
(삼국)의 奴隷(노예)나 범죄자들은 많이 渡日(도일)했을 것으로
추정할 수 있다. 여기 나오는 倭(왜)는 두 百濟(백제)의 避難民
(피난민)이다.

중국의 왕건군씨의 해석은 다음과 같다.

9년 기해에 백잔은 맹세를 위반하고 倭(왜)와 화통했다. (그래서) 왕은 남으로 평양을 순시했다. 그러자 신라왕이 사신을 보내왔다. 그 사신은 태왕에게 그들의 국내엔 왜인이 가득 찼으며 성지는 모두 파괴당했으며 태왕의 신하인 신라왕은 천민으로 변해서 태왕께 귀의하여 태왕의 지시를 듣기를 원한다고 했다. 태왕은 인자하여 그들의 충성을 칭찬했다. 이에 신라 사신을 돌려보내면서 그에게 밀계를 얘기해 주었다. 10년 경자년에 보병, 기병 5만을 파견하여 신라를 구하게 했다. 남거성을 거쳐 신라성에 이르러보니 倭人(왜인)이 그중에 가득했다.

　당시의 지정학적인 것은 전연 배제하고 문자만으로 해석을 하다 보니 중국인이라도 이렇게 억지 해석을 하고 있다. 우리는 여기서 1950년 김일성의 6.25 남침과 광개토대왕의 아산만 상륙작전을, 시공을 초월하여 같은 선상에 놓고 보면 신라쪽에 비류계 피난민(倭)이 모이는 것은 필연적이었을 것이다. 육해군 본부였던 관미성 함락으로 많은 장수와 병사를 잃은 응신은 곧 광개토대왕이 웅진(공주)으로 침공해 올 것으로 예견하고 AD394년 10丈(장)(약30M)의 큰 배를 만들어 AD395년에 나라를 동생에게 맡기고 倭(왜)의 땅으로 떠나자(일본서기 응신조에서 유추), 이 정보를 얻은 태왕은 관미성에서 노획한 배의 수리 및 건조를 하여 기병대를 水軍(수군)이 되도록 하고, AD396년 강화만을 지나 아산만에 기습 상륙하여 웅진(공주) 일대를 초토화시킨다. 이로 인해 돌아오기를 포기한 응신은 AD397년에 倭國(왜국)을 만든다.

AD414년 비문 작성시는 비류(沸流)가 왜(倭)가 되는 과정을 잘 알고 있었기 때문에 소급해서 倭(왜)와 沸流(비류)를 동격으로 취급했고 九年(9년)에 나오는 倭人(왜인)은 바로 비류계 피난민이고 奴客(노객)은 溫祖系(온조계) 피난민이다. AD397년 비류계의 강압에 의해 倭(왜)와 수질외교를 맺는다. 이로 인해 태왕은 하평양(한성)을 순시하며 아신왕으로부터 비류계의 압력과 노비가 된 온조계 국민이 신라로 도망가 있는 자기 국민(노비)을 돌려보내 달라고 했을 것이다. 한편, AD399년 온조계 한성에서 인마의 징발 때문에 많은 백성이 신라로 피신하여 戶口(호구)가 쇄잔했다고 사기는 기록하고 있다. 이런 예비지식을 가지고 비문을 보면 지금까지 난해하였던 비문이 합리적으로 풀리게 된다.

엮은이의 마무리

내가 태어나던 1969년에 개인 의원을 하고 계시던 아버지께서 암이라는 병마를 얻게 되셨다. 당시 의료기술이 지금보다는 발전되지 않아서 대학병원에서는 길어야 5년에서 10년 정도 사실 수 있다고 했다고 한다. 하지만 그 후 당신께서는 여러 번 지인 병원에서 수술을 받으시며 의원을 약 30년간 더 운영하시면서 환자들을 치료하셨다.

1990년대 초 내가 대학교에 다니고 있을 때 이 책의 저자이신 아버지께서는 진료시간 중에 틈나는 시간이나 진료가 끝나고 저녁을 드신 후에도 시간 날 때마다 컴퓨터 앞에서 향가 재해석을 하시면서 원고를 만들고 계셨다. 내가 대학 졸업 후 일본으로 대학원을 진학하여 공부하던 중에 아버지의 병세가 악화하여 1997년에 생을 마감하셨다. 그 후, 일본에서 계속 공부를 하여 이학박사를 취득하여 박사후 연구원으로 수년간 연구를 하던 중에 결혼하여 사랑스러운 딸을 가지게 되었다.

2009년에는 오스트리아 비엔나에 있는 연구소에서 3년 반 정도 박사후 연구원으로 연구를 하다가 한국을 떠난 지 20년 만에 가족과 함께 귀국하게 되었다. 귀국 후 제주도에 있는 대학교에 연구교수로 일하던 중에 어머니께서 생전에 아버지께서 작성하셨던 원고를 주시면서 책을 출판해야겠다고 하셔서 인문학이 전공은 아니지만, 일본에서 공부한 터라 한자는 어느 정도 익숙해서 퇴근 후에 조금씩 아버지가 작성하신 원고와 관련 인터넷 사이트를 조사하면서 나름대로 내용을 공부하면서 반년 정도 걸려서 원고를 정리하였다. 원고를 정리하면서 좀 더 일찍 책으로 출판했으면 아버지께서도 하늘나라에서 더 기뻐하셨을 텐데 후회도 되고 아버지께 죄송한 마음도 들었다.

지면상에 쓸 수는 없지만 여러 우여곡절 끝에 지금이라도 이렇게 책으로 출판하게 되어 생전에 못다 한 효도를 이제라도 조금 하게 된 것 같아서 마음이 편하다. 마지막으로 이 원고를 편집해 주신 편집장님께도 감사의 말을 올린다.